Zeitmaschine – STOPP!

Für meine beiden Liebsten zu Hause:
Petra,
meine Liebe seit fast einem Vierteljahrhundert,
und Lilli,
unsere gemeinsame Katze, seit über 7 Jahren,
und für Alex,
den Griechen aus meiner 'Zeitmaschine',
und für all die Hinterbliebenen der Opfer der im vorliegenden Roman beschriebenen Natur-Katastrophen,
besonders aber für die armen gebeutelten Menschen auf den Philippinischen Inseln, auf denen im November 2013 der Taifun 'Haiyan' wütete

Manfred Schloßer

Zeitmaschine – STOPP!

Roman

In eigener Sache:
Alle Namen der genannten Personen habe ich frei erfunden.
Die im Roman vorkommenden Länder und Orte gibt es tatsächlich.

Bibliografische Information der Deutschen Nationalbibliothek
Die Deutsche Nationalbibliothek verzeichnet diese Publikation in der Deutschen Nationalbibliografie; detaillierte bibliografische Daten sind im Internet über http://dnb.dnb.de abrufbar.

© 2014 Manfred Schloßer
Satz, Umschlaggestaltung, Herstellung und Verlag: BoD – Books on Demand
ISBN 978-3-7357-7338-8

Inhalt

Über den Autor	7
Prolog	9
I. Zeitreise in die 1960er Jahre	11
Eine Zeitmaschine im Garten	11
Wie alles anfing mit Alex und Danny	14
Auf der Suche nach den Doors	20
1966 in London	23
›Der Hund von Laskerville‹	28
Aber Dannys Weg sollte kein leichter sein …	36
II. Irrfahrten der Zeitmaschine	41
Isle of Wight Festival 1970	41
Wilde Zeit im Paris der 70er Jahre	46
Späthippies in Westfalen	50
III. Zurück in die Zukunft	55
Tsunami in Südost-Asien	55
Hurrikans Katrina und Wilma 2005	59
Ochtrup 2005	66
Taifune, Zyklone und Erdrutsche in Südost-Asien	70
Kyrill 2007	77
Tornados in den USA	81
IV. Die Zukunftsvision	85
Weltuntergang nach dem Maya-Kalender	85
Koyaanisqatsi	88
Epilog	99
Danke für alles	103

*›She lives on Love Street
Lingers long on Love Street
She has a house and garden
I would like to see what happens‹*

gesungen von Jim Morrison
The Doors
im Song ›Love Street‹

*›Sie lebt auf Love Street
Verweilt lange auf Love Street
Sie hat ein Haus und Garten
Ich möchte sehen, was passiert‹*

Über den Autor

mit ›ZEITMASCHINE STOPP!‹ erscheint der sechste von Manfred Schloßers Danny-Kowalski-Romanen. ›Leidenschaft im Briefkuvert‹ hieß 2013 sein fünfter Roman. Davor veröffentlichte er 2012 mit dem abgefahrenen Roman ›Der Junge, der eine Katze wurde …‹ den vierten Teil seiner Danny-Kowalski-Trilogie. In den vorherigen drei Romanen wurde bereits über das Reisen in ›Straßnroibas‹ (2007), über das Leben und die Liebe in ›Spätzünder, Spaßvögel & Sportskanonen‹ (2009) und über das Sterben und Leben lassen in seinem Ruhrgebiets-Krimi ›Keine Leiche, keine Kohle …‹ philosophiert …

Weitere Informationen im Internet: http://www.petmano.jimdo.com/

Manfred Schloßer, geboren 1951 in Selm, aufgewachsen in Datteln, wohnte danach in Meschede und Dortmund und seit 1980 in Hagen. Zusammen mit seiner Ehefrau Petra und der gemeinsamen Katze Lilli haben sie es schön im dörflichen Hagen-Fley.

Anfang der 80er Jahre, während der Musikphase der ›Neuen Deutschen Welle‹, hieß es: ›Komm nach Hagen, werde Popstar …‹, als Nena und Extrabreit von Hagen aus die Welt eroberten. Zwar kam der Autor nach Hagen und gründete mit Freunden dort die Musikgruppe Vogelfrei, wurde aber nie Popstar.

Dafür übte er allerlei andere Tätigkeiten aus. Nach den ›staatlichen Pflichtaufgaben‹ als fallschirmjagender Soldat und Zivildienstleistender studierte er in seinen drei Studiengängen – als Sozialwissenschaftler an der Bochumer Ruhr-Universität, Sozialarbeiter an der Hagener Fachhochschule, Sozialpädagoge an der Dortmunder FHS und machte seine drei Diplome. Mit dreien ließ es sich auch viel besser jonglieren. Zur Belohnung durfte er sein Geld als Leiter eines Abenteuerspielplatzes, dann eines Jugendzentrums und später eines Jugendinformationszentrums verdienen und danach bis 2013 in einer Betreuungs-Behörde arbeiten. Mittlerweile hat er als Rentner noch viel mehr

Zeit, seinen verschiedenen sportlichen Aktivitäten und natürlich weiterhin seiner Leidenschaft fürs gedruckte Wort zu frönen.

Prolog

Es war so vor drei Jahren, also 2011, als sich die beiden Protagonisten dieses Romans gerade per Internet kennen lernten. Damals schrieb der Autor an seinem vierten Roman ›Der Junge, der eine Katze wurde …‹. Und dort im Epilog besuchte doch tatsächlich der Romanheld Danny Kowalski seinen eigenen Autor, und so kam es zu einem historischen Zusammentreffen der beiden.

Im Laufe des Treffens beschwerte sich Danny bei seinem Autor, also bei mir, über sein schweres Los in meinem Roman:

»Hör mal, du, könntest du mir als mein Erschaffer nicht vielleicht mein Schicksal irgendwie anders gestalten?«

»Na gut, also ändern wir das halt jetzt um. Aber letztendlich musst du dann auch den Rest deines Lebens selber leben, das kann ich dir wirklich nicht abnehmen …!«

»Du bist gut, selber leben …!« verhandelte Danny weiter mit mir als seinem Autor, *»gibt es hier in deiner Bude ne Zeitmaschine? Sind schließlich einige Jahrzehnte seit damals vergangen …!«*

Zerstreut kaute ich als Dannys Erfinder auf dem verführerischen Wort ›Zeitmaschine‹ herum, baute in meinem Geiste schon groß angelegte, Jahrhunderte umfassende Plots a la ›PanAroma‹ von Tom Robbins auf, sah bereits mein neues literarisches Jahrhundertwerk vor meinem inneren Auge wachsen und murmelte immer wieder das magische Wort »Zeitmaschine, Zeitmaschine …« vor mich hin.

»Mensch, hör mir bloß auf mit Zeitmaschine!« ereiferte sich Danny, »mach keinen Mist. Da komm ich nur wieder in Teufels Küche, wie ich dich kenne …!?«

Ich jedoch stierte nur in mich gekehrt vor mich hin …

Und so gingen Danny Kowalski und ich als sein Autor schließlich mit einhelliger Meinung glücklich und zufrieden auseinander:

— *ich bastelte im Geiste an meinem ›Zeitmaschinen-Roman‹, wobei mir diese Idee gerade von meinem eigenen Romanhelden gegeben wurde.*
— *der andere freute sich, auf ein erfülltes Leben voller saftigem Sex, leidenschaftlicher Liebe und aufregender Abenteuer und Reisen zurückschauen zu können …*

Wer hätte das gedacht, dass es dann auch tatsächlich jemals zu einem Zeitmaschinen-Roman kommen würde …? Voila, und hier ist er auch schon: nur zwei Romane weiter -> der vormals in Erwägung gezogene Zeitmaschinen-Roman. Dann wollen wir doch mal sehen, ob Danny wirklich wieder in Teufels Küche gekommen ist, wie er es damals befürchtete …!?

Und dann kam doch noch etwas dazwischen, was die Veröffentlichung dieses Romans fast verhindert hätte: der Autor ist inzwischen in Rente gegangen. Und die heutigen Renten reichen auch bei einem fleißigen Arbeitsleben von fast 40 Arbeitsjahren nur noch fürs Nötigste. Da gehört unbedingt Bücher-Veröffentlichen nicht dazu.

Aber dann half dem Autor ein Ereignis, was er sein ›Geschenk des Himmels‹ nannte. Passend zu den Kapiteln hier im Roman über die verschiedenen Naturkatastrophen öffnete der Wettergott am 20. Juni 2013 seine Schleusen über Hagen und ließ großzügig Taubenei-große Hagelkörner herunterprasseln. Die trafen auch das kleine bescheidene Auto des Autors, seinen schwarzen Micra, von allen Seiten und verursachten gut 200 Dellen in der Karosserie. Vor allem das dem Himmel zugewandte freistehende Dach und die Motorhaube wurden reichlich verdellt.

Das bestätigte auch die von der Versicherung hinzugezogene Hagelschlag-Fachfirma in ihrem Gutachten. Glücklicherweise hatte der Autor Teilkasko, so dass seine Versicherung für den Schaden aufkam.

Nach einigem Hin- und Her erstattete sie ihm rund 1600 €. Da der Micra schon 15 Jahre alt war, lohnte eine Reparatur der Dellen nicht mehr. Aber die Versicherungs-Entschädigungssumme hatte sich der Autor gleich wohlweislich auf sein Sparbuch gelegt, um damit die Veröffentlichung seines neuen Romans »‹Zeitmaschine – STOPP!‹ bezahlen zu können. Dem ›Geschenk des Himmels‹ sei dank …

I. Zeitreise in die 1960er Jahre

Eine Zeitmaschine im Garten

Ein ohrenbetäubender Lärm lockte Danny zum Fenster. Er schaute nach draußen in den Garten und traute kaum seinen Augen.

Er wohnte ja zwar recht dörflich am östlichen Stadtrand von Hagen, aber trotzdem gab es dort auch ein großflächiges Industriegebiet drum herum. Deshalb war es Danny gewohnt, dass er mitunter fremdartige technische Geräusche hörte.

Aber dieses Mal war es anders: ein eigenartiges Düsen und Quietschen in Verbindung mit einem Höllenlärm ließ ihn aus dem hinteren Fenster in den Garten schauen.

Und richtig: dort auf der großen Wiese landete gerade mit riesigem Getöse eine vorsintflutliche Höllenmaschine. Dieser seltsam anmutende Apparat setzte in einem wirbelnden und rauchgeschwängerten Kranz von wegweichendem Qualm mitten auf der Wiese senkrecht auf, kam aber trotzdem eher langsam und gemächlich runter, fast wie ein Hubschrauber landen würde …

»Ja, was ist denn das …!?« staunte Danny.

Es sah aus wie ein Gerät aus einem alten Geschichtsbuch …!

»So watt givvet doch gar nich …«, dachte sich Danny.

Aber es schien so, als gäb's das doch, denn er sah es ja mit eigenen Augen.

»Datt Dingen sieht aus wie ne Zeitmaschine..!?« grübelte Danny weiter.

Und dann öffnete sich die Tür dieses Apparates und ein junger, groß gewachsener, dunkelhaariger Mann entstieg diesem antiquierten, fauchenden Gerät. Er sah aus wie der klassische Grieche, schritt selbstbewusst auf Dannys Terrasse und streckte ihm freundlich seine rechte Hand entgegen:

»Hey Danny, here I am: Alexis, your Greek facebook-friend. But just call me Alex, please. We got acknowledged by our both favourite Rock-Star Jim Morrison from the Doors. You know, because I've told you that I would like to live in the sixties. Do you remember? Well, here I am with my time-machine. Let's go to the 60ties. I always want to meet Jim Morrison. I have the machine and you know the times …!«

»*Hey Danny, hier bin ich: Alexis, dein griechischer Facebook-Freund. Aber nenn mich einfach Alex, bitte. Wir lernten uns über unserer beider Lieblings-Rock-Star Jim Morrison von den Doors kennen. Du weißt schon, weil ich dir gesagt habe, dass ich gerne in den sechziger Jahren gelebt hätte. Erinnerst du dich? Nun, hier bin ich mit meiner Zeit-Maschine. Lasst uns in die 60er Jahre reisen. Ich wollte immer mal Jim Morrison treffen. Ich habe die Maschine, und du kennst die Zeiten …!*"

Danny schmunzelte vergnügt und schüttelte ihm seine Hand:
    »Hey man, what a surprise …! It's nevertheless always a little adventure to meet anyone of my – before unknown – facebook-friends in reality, but you're topping them all: to arrive with such a machine in my garden …!? Great, man! Yes, I am, I'm Danny …!«

»Hey Mann, was für eine Überraschung …! Es ist doch immer wieder ein kleines Abenteuer, irgendjemanden meiner – mir vorher nicht bekannten – Facebook-Freunde in der Realität zu treffen, aber du übertriffst sie alle: mit einer solchen Maschine in meinem Garten anzukommen …!? Großartig, Mann! Ja, ich bin es, ich bin Danny …!«

Als die fauchende Maschine in Dannys Garten landete, war Lilli, die Katze von Danny und Moni, gerade auf der Pirsch nach einem Mäuschen. Aber statt der kleinen putzigen Feldmaus Angst einzujagen, war es auf einmal die schwarze Katze mit dem weißen Lätzchen, die einen Mörder-Horror bekam: mitten in ihrem Revier tauchte ein fremdes lautes Etwas aus dem All auf, das ihr eine Heidenangst bereitete. Sie wusste gar nicht, wohin sie zuerst flüchten sollte: unters Gebüsch, in Nachbars Garten, übers Dach zu Monis Zimmer oder direkt in den Keller. Schließlich entschied sie sich für ihren privaten ›Luftschutzbunker‹: das war ihre Stelle im großen Kellerraum, und dort hinter der Waschmaschine, die sie auch immer beim Gewitter-Donnern oder bei der alljährlichen Sylvesterballerei aufsuchte. Dort wartete sie alles Weitere mit großem Herzklopfen im kleinen Katzenkörper ab.

Wogegen oben im Garten tatsächlich Dannys griechischer Facebook-Freund Alexis Sotiris stand. Und genauso, wie sie sich immer in ihrer Facebook- und E-Mail-Korrespondenz verständigt hatten, unterhielten sie sich jetzt natürlich wieder in Englisch. Dabei erzählte Alex, wie es überhaupt kam, dass er gerade jetzt bei Danny auftauchte: In Griechenland ›tötete‹ die Politik der Sparsamkeit im wahrsten Sinne des Wortes. »Hör zu, Danny, da ergab sich Folgendes in der zentralgriechischen Stadt Larissa. ›Im Februar 2013 starben zwei junge Menschen an einer Kohlenmonoxidvergiftung, drei andere wurden in kritischem Zustand ins Krankenhaus gebracht. Wie es dazu kam: die fünf Studenten hatten einen offenen Kohlegrill als Heizung benutzt, weil ihnen das Geld für das durch Steuererhöhungen für viele unbezahlbar gewordene Öl fehlte.‹ Als ich das in der Zeitung las und mir gleichzeitig klar wurde, dass die Politik zu Lasten der Bevölkerungsmehrheit und zum Wohle der Banken und Großunternehmen gewollt ist, da dachte ich mir: ›Jetzt langt's, Alex. Ich muss da weg!‹ Jop, and here I am …!«

Und Alex rief dem nur noch staunenden Danny durch den tosenden Lärm zu: »Komm mit, Danny! Wir fahren in die 1960er Jahre. Wir besuchen Jim Morrison und die Doors …!«

»Wie jetzt«, antwortete Danny perplex, »Jim Morrison ist doch schon lange tot …!?«

»Ja, weiß ich doch!« konterte Alex aufgeregt, »darüber haben wir uns doch schon öfters unterhalten.« Mit der ›Unterhaltung‹ meinte Alex wohl die E-Mail-Korrespondenz, die er mit Danny seit einiger Zeit führte.

Wie alles anfing mit Alex und Danny

Alex war ja ein totaler Jim Morrison- und Doors-Fan, und außerdem ein großer Verehrer der Musik und des Zeitgefühls der 1960er Jahre, obwohl er mit seinen 27 Jahren damals noch gar nicht gelebt hatte. Aber übers Internet hatte er herausbekommen, dass Danny 1970 bei dem Isle-of-Wight-Festival die Doors und Jim Morrison live gesehen hatte. Er wollte sogar Danny seine Festival-Eintrittskarte und das offizielle Festival-Programmheft für viel Geld abkaufen, weil er ein großer Sammler von Jim Morrison-Utensilien war. Aber darauf ließ sich Danny gar nicht erst ein. Er litt nicht unter Geldnot; und diese beiden Erinnerungsstücke aus seiner wilden Jugendzeit wollte er auf keinen Fall verkaufen. Stattdessen beschrieb er Alex, alles natürlich in Englisch, denn das war ihre Verständigungssprache, wie es tatsächlich in den 1960er Jahren war, mit all den Einschränkungen und Entbehrungen. Danny wurde wegen seiner Jim Morrison- und Doors-Beiträge auf Facebook von diesem jungen griechischen Mann nach entsprechenden Doors-Erinnerungsfotos befragt. Danny antwortete ihm, dass er seine Doors-Erinnerungsstücke einscannen und ihm zumailen könnte.

@ von Alexis Sotiris: February 13, 2011 at 3:00am
Betreff: hello

Hello, do you have any photos of the time you saw the Doors? I am a huge collector of the Doors and a very well known member of the doors community and I purchase anything Doors related. Let me know.
Thanks

Hallo, hast Du keine Fotos aus der Zeit, als Du die Doors sahst? Ich bin ein großer Sammler von den Doors und ein sehr bekanntes Mitglied der Doors-Community und ich kaufe alles, was mit den Doors zu tun hat. Lass es mich wissen.
  Vielen Dank

@ von Danny: 13th of Febr., 2011
Hello Alex, sorry, no, 1970 I didn't have a photo-camera and so I don't have any photo of the Isle of Wight-Festival. But what I have – and that could be interested for you: the original ticket of the concert and the original festival-book, which I bought there: of course there in are also some pages and photos of the Doors and Jim Morrison. I would be able to scan it to my PC. And after I could send it to you. You only have to give me your e-mail-address. Then I can send it. Good times on the love street from Danny
  Hallo Alex, tut mir leid. Nein, 1970 hatte ich keine Foto-Kamera. Also habe ich auch kein einziges Foto vom Isle of Wight-Festival. Aber, was ich habe – und das könnte interessant für Dich sein: das original Konzert-Ticket, und das original Festival-Buch, das ich dort kaufte: natürlich gibt es darin auch einige Seiten und Fotos von den Doors und Jim Morrison. Ich könnte es in meinen PC einscannen.

Und danach könnte ich es Dir zu schicken. Dafür musst Du mir nur Deine E-Mail-Adresse geben. Dann kann ich es Dir senden. Gute Zeiten ›on love street‹ von Danny Rasch wie eine Rakete gingen die Nachrichten im sphärischen All des Internets hin und her. Und Danny hatte noch am selben Tag eine Antwort aus Griechenland:

@ von Alexis Sotiris: 13.02.2011

Hello again, thanks for the answer,
Ok, do you sell the ticket stub or the concert-program?
My email is lizardkingteo@hotmail.com
From what I see, you look cool man, wish I was born in the 50's, so I can live the 60's as a teenager, I bet you had a great time.

Hallo noch mal, danke für die Antwort,
Ok, verkaufst Du mir das Ticket oder das Konzert-Programm?
Meine E-Mail ist lizardkingteo@hotmail.com
Von dem, was ich sehe, siehst Du cool aus, Mann. Ich wünschte, dass ich in den 50er Jahren geboren wäre, so hätte ich in den 60er Jahren als Teenager leben können. Ich wette, Du hattest eine tolle Zeit.

Danny berichtete Alex von seinem großen Abenteuer auf dem Isle-of-Wight-Festival, als er in der Nacht vom 29.08. auf den 30.08.1970 Jim Morrison und die Doors dort live erlebt hatte: ein großer Moment in seinem Leben. Aber er wollte Alex nichts von seinen alten Kostbarkeiten vom Isle-of-Wight-Festival verkaufen, obwohl dieser als großer Jim Morrison-Fan sogar den ›lizardking‹, also den König der Eidechsen, in seine E-Mail-Adresse integriert hatte. Der egozentrische Jim Morrison wurde deshalb der Lizard King genannt, weil das Doors-Album ›Waiting For The Sun‹ ein Gedicht mit der Zeile enthielt: ›Ich bin der Lizard King, ich kann alles tun‹.

@ von: DKowalski@gmx.de
Datum: 13.02.2011 12:09:46
An: lizardkingteo@hotmail.com
Betreff: Isle-of-Wight-Ticket 1970

Dear Alex, first of all thank you very much for your two notes by facebook last night. Now to the Doors: hey, I'm glad to write you that I've seen Jim Morrison together with the Doors live at the Isle-of-Wight-Festival, during the night from the 29th to the 30th of Aug. 1970: great moment in my life …! And there I had my first petting with an English girl on this Festival, too, in the middle of 500.000 young peaceful people. You see: I had big remembrance to this event. So, sorry for you: I don't want to sell it, neither the ticket nor the festival-book. I'll never sell these for me very worthful things, no, no, really. Now a short note to the 60th. I often hear it from mostly younger persons. By the way: how old you are? Many of them glorify the 60th. But you can be glad, not to live as a teeny in the 60th – it was not so really funny …! Mostly it were painful experiences and fighting against the system – in school or against the parents: for longer hairs by the boys, or minis by the girls. Only to know, that there were anywhere the Beatles or Stones or the Hippies in California – that was only theory for us. Here in Germany we didn't notice so very much from all this flower-power-movement. And also in this time I've to fight: imagine – between school and university they caught me to the military-service. They brought me to the Para-shooters. There I became a war-resister: 5 month I had to fight – me the one against all the rest - until my war-resistance got accepted. After it I did the civil-service. So, what I wanted to tell you: be glad that you haven't been a kid in the 50th, that was a decade of poorness and grey industrial cities, which are now green again ….! All the best from Danny

Lieber Alex, zunächst einmal vielen Dank für Deine zwei Nachrichten über Facebook letzte Nacht. Nun zu den Doors: hey, ich bin froh, Dir schreiben zu können, dass ich Jim Morrison zusammen mit den Doors live auf dem Isle-of-Wight-Festival in der Nacht vom 29. zum 30. August 1970 gesehen habe: das war eine Sternstunde in meinem Leben …! Und dort hatte ich auch mein erstes Petting mit einem englischen Mädchen auf diesem Festival, mitten unter 500.000 jungen friedlichen Menschen. Du siehst: Ich habe großartige Erinnerungen an dieses Ereignis. Also, sorry für Dich: Ich will nichts davon verkaufen, weder das Ticket noch das Festival-Book. Ich werde diese für mich sehr wertvollen Dinge nie verkaufen:, nein, nein, wirklich. Nun ein kurzer Hinweis zu den 60ern. Oft höre ich darüber was – von meist jüngeren Leuten. Übrigens: wie alt bist Du? Viele von ihnen verherrlichen die 60er Jahre. Aber Du kannst froh sein, nicht als Teeny in den 60ern gelebt zu haben – es war nicht so wirklich lustig …! Meist waren es schmerzliche Erfahrungen und Kämpfe gegen das System – in der

Schule oder gegen die Eltern: für längere Haare bei den Jungen oder Mini-Röcke bei den Mädchen. Nur zu wissen, dass es irgendwo die Beatles oder Stones oder die Hippies in Kalifornien gibt – das war nur Theorie für uns. Hier in Deutschland haben wir von all der Flower-Power-Bewegung nicht so sehr viel mitbekommen. Und auch in dieser Zeit hatte ich zu kämpfen: Du musst Dir vorstellen – zwischen Schule und Universität begann für mich der Bundeswehr-Grundwehrdienst. Sie schickten mich zu den Fallschirmjägern. Und ich wurde ein Kriegsdienst-Verweigerer: 5 Monate musste ich kämpfen – ich alleine gegen alle anderen – bis meine Kriegsdienst-Verweigerung anerkannt wurde. Danach machte ich den Zivilen Ersatzdienst. Was ich Dir also sagen wollte: freu Dich, dass Du kein Kind in den 50ern warst, denn das war ein Jahrzehnt der Armut und von grauen industriellen Städten, die jetzt erst wieder langsam grün geworden sind ....! Alles Gute von Danny

Diesen ›Zahn‹ wollte Danny seinem griechischen Facebook-Freund unbedingt ziehen. Das hatte er öfters schon mal gehört oder gelesen: diese unberechtigte Glorifizierung der 1960er Jahre. Alex meinte doch im Überschwang seiner 27 Jahre, dass die 60er so toll gewesen wären. Nur weil er ein paar Fotos aus dieser Zeit mit den alten Rockstars gesehen hatte. Aber in Wirklichkeit waren die 60er Jahre eher unlustig. Ein ständiger Kampf gegen die Eltern und Lehrer wegen allerlei Kleinigkeiten: die Jungens wegen zu langer Haare und die Mädels wegen zu kurzer Mini-Röcke. Wir mussten uns durch den Widerstand in den 60er Jahren erst noch so manche Freiheit erkämpfen. Und dann meinte dieser junge Grieche auch noch, er wäre am liebsten in den 50ern geboren worden, um die 60er Jahre richtig als Jugendlicher erleben zu können.

»Na, wenn das mal nicht eine große Fehleinschätzung ist«, dachte sich Danny, »denn nur durch die gewonnenen Kämpfe und Errungenschaften der 68er Bewegung können Alex und all die anderen jungen Leute von heute überhaupt ihr freies und ungezwungenes Leben führen.«

@ von: Alexis. Sotiris
Datum: 02/13/11 12:45:09
An: DKowalski@gmx.de
Betreff: RE: Isle-of-Wight-Ticket 1970

Hello Danny,
and thank you for your insight on the Doors and the era you lived in. I am 27 years old, I would prefer to live at that era, I wish it since I was 14 years old. At that time I started listening to the Doors, Jimi, Bob, Who, Stones, Zep etc etc . I have realised now that is a great era to live in no matter what the difficulties. Thanks again. Best of Regards from Alex

Hallo Danny,
und danke schön für Deine Sichtweise zu den Doors und der Ära, in der Du lebtest. Ich bin 27 Jahre alt und würde lieber in dieser Zeit leben. Das wünsche ich, seit ich 14 Jahre alt war. Damals begann ich, die Doors, Jimi (Hendrix), Bob (Marley), Who, Stones, Zep (Led Zeppelin) etc zu hören. Ich habe nun realisiert, dass es eine große Ära war, egal, was für Schwierigkeiten das Leben damals mit sich brachte. Nochmals vielen Dank. Schöne Grüße von Alex

Alex beharrte trotz aller Warnungen darauf, unbedingt gerne in der Ära gelebt haben zu wollen, in der Danny groß geworden war. Nur weil er gerne die Doors, Jimi Hendrix, Bob Marley, The Who, die Stones oder Led Zeppelin hörte. Es war ihm nicht auszutreiben, dass die 50er und 60er Jahre kein Zuckerschlecken waren.

@ von: DKowalski@gmx.de
Datum: 16.02.2011 18:12:14
An: lizardkingteo@hotmail.com
Betreff: 3 fotos from the Isle-of-Wight-Festival-book 1970

Dear Alex, today I send to you 3 photos from the Isle-of-Wight-Festival-book. Then I want to tell you a story of the 70th: I didn't have an own player for LP's or singles. My older brother had a player for singles in the 60th. And my parents had a player for their classic-LP's. So, I bought my first own LP in a Disco at 1975. And you will not believe: it was a sampler from The Doors, with Jim Morrison, although he was already dead. So, I played together with a friend my only own LP from the Doors at home every night, when the parents were out. Good times on the love street from Danny

Lieber Alex, heute sende ich Dir die 3 Fotos aus dem Isle-of-Wight-Festival-Buch. Außerdem will ich Dir eine Geschichte aus den 70ern erzählen. Ich hatte keinen eigenen Plattenspieler für LPs oder Singles. Mein älterer Bruder hatte einen Plattenspieler für Singles in der 60ern. Und meine Eltern hatten einen Plattenspieler für ihre klassischen LPs. Ich kaufte also erst 1975 meine allererste eigene LP in einer Disco. Und Du wirst es nicht glauben: es war ein Sampler von The Doors mit Jim Morrison, obwohl er damals schon tot war. So spielte ich mit einem Freund zusammen jeden Abend meine einzige eigene LP von den Doors zu Hause, wenn meine Eltern ausgegangen waren. Gute Zeiten ›on love street‹ von Danny

Das also war die Vorgeschichte, wieso Alex gerade bei Danny im Garten landete.

Auf der Suche nach den Doors

»Schau, Danny«, erklärte Alex ihm, »ich habe in den letzten Wochen wie wild an dieser Zeitmaschine gebastelt.« Dabei drehte er sich um und zeigte mit ausgestrecktem Arm auf die rostig braun-schwarze Maschine hinter sich.

»Und mit dieser Maschine werden wir jetzt in die 60er Jahre reisen. Dafür brauche ich dich. Du bist der einzige Experte, den ich kenne. Du kennst dich da aus, weil du da schon mal gelebt hast. Du weißt, wo wir hinmüssen. Und vor allem, wann …! Also, auf welches Jahr soll ich die Zeitmaschine einstellen …!?«

»Ja ja, Ende der 60er Jahre«, grübelte Danny, »stimmt, da war man ja sehr zukunftsorientiert. Die Aufbruchs-Atmosphäre der 60er Jahre wurden da schon mit dem jetzigen Neuen Jahrtausend verbunden. Vor 45 Jahren, am 21.07.1969 setzte der erste Mensch seinen Fuß auf den Mond, 1968 kam der USA-Film ›2001 – Odyssee im Weltraum‹ mit Stanley Kubrick als Regisseur in die Kinos. Das Musikduo Zager & Evans besang 1969 ›In the year 2525‹. Ja, man glaubte an die Zukunft, und das, was sie uns Gutes bringen wird. Und die französische Sängerin France Gall besang den ›Computer Nr. 3‹, der sucht für mich den richtigen Boy …«

»Sehr interessant alles«, warf Alex ein.

»Ja, und weiter fällt mir dazu ein: also heutzutage hat fast jedes Kind einen PC, und das Chatten im Internet zur Partnersuche ist eine gängige virtuelle Balzmethode geworden. Aber Ende der 60er Jahre, da hatten nur wenige Eingeweihte einen Computer.

Denn selbst noch 1975, als ich mal in der Düsseldorfer Phillips-Halle die Gruppe Tangerine Dream life sah, saßen die drei ›Musiker‹ vor ihren drei riesigen Musikmaschinen von Moog, die jeweils groß wie ein Haus waren …!

Von daher war France Gall's Vorschlag, sich den richtigen Boy per Computer zu suchen, eine recht zukunftsträchtige Idee! Hör mal, Alex:

>*»Der Computer Numero Drei,*
>*der sucht für mich den richtigen Boy …*
>*Ein bisschen Goethe,*
>*ein bisschen Bonaparte,*
>*so soll er aus sehn,*
>*der Mann, auf den ich warte,*
>*ein bisschen Geist,*
>*ein bisschen Mut,*
>*an meiner grünen Seite,*
>*ja, das wäre gut …!*
>*Der Computer Numero Drei,*
>*ja, der sucht für mich den richtigen Boy …!«*

»Nein, nein, Danny«, entgegnete Alexis ungeduldig, »so mein ich das nicht. Die Doors, ich will die Doors …!!!«

»Ach so, na gut. Da hätten wir z.B. 1970 das Isle-of-Wight-Festival. Nach 1968 und 1969 fand 1970 das letzte der Festivals auf der Isle-of-Wight statt, dem so genannten ›europäischen Woodstock‹. Fünf Tage lang unter der strahlenden Augustsonne, 50 Musikgruppen, 500.000 Menschen erfreuten sich an diesem größten europäischen Open-Air-Festival, dem Nachfolger des legendären Woodstock-Festivals von 1969, mit dem Unterschied, dass wir auf der Isle of Wight herrliches trockenes Festivalwetter hatten, kein Regen mit Schlammschlachten wie in Woodstock, kein ›no rain, no rain, no rain …!‹ war nötig. Wir waren gut drauf, es war die Zeit von ›love and peace‹ …«

»Yeah man, super,« rief Alex begeistert.

»Joh, so war das damals, Alex. Mein Freund Carlos und ich lagen auf unserer mitgebrachten Decke ca. 20 Meter von der Bühne entfernt mitten im riesigen Pulk der friedliebenden Festivalbesucher, vor uns auf der Bühne spielten die Doors mit Jim Morrison. Es wurde auch viel geraucht um uns herum, aber ich als Nichtraucher ließ die kreisenden Joints an mir vorbei gehen. Ich brauchte das nicht, war auch ohne Drogen gut drauf und ließ mich höchstens von den friedlich wabernden Rauchschwaden der schwer duftenden Räucherstäbchen anturnen ...«

»Ja, genau, das hört sich schon besser an«, berauschte sich Alex an dem eben Gehörten.

Danny war erst etwas skeptisch, erklärte sich dann aber doch dazu bereit, mit Alex in der Zeitmaschine zu reisen. So richtig glaubte er das eh nicht, dass so was funktionieren könnte.

»Okay, wart mal nen Moment, Alex, ich schreib nur schnell meiner Moni ne Notiz.«

Sie war nämlich den ganzen Tag wegen eines VHS-Kurses ›Fotografie‹ unterwegs.

> *Hallo, liebe Moni,*
> *Ich bin mit meinem griechischem Facebook-Freund Alex eine Runde drehen.*
> *Der kam hier ganz spontan mit seinem Gefährt vorbei ...*
> *Ciao und Küsschen*
> *von Danny*

Dann packte er ein paar Reisedokumente, Papiere, Ausweise, Geld, Zahnbürste, Medikamente und ne große Flasche Wasser in seinen Umhänge-Beutel, stieg in ein paar feste Schuhe, schnappte sich seine Jacke, schloss seine Wohnung ab und begab sich mit Alex in die Zeit-Maschine.

Er staunte nicht schlecht, als er es sich neben Alex auf dem gepolsterten Beifahrersitz bequem machte. In das Gefährt konnte er sich gerade so eben reinquetschen. Mit aufrechtem Rücken saßen sie in den roten Sitzen. Ihre Beine dagegen streckten sie lang aus in den ›Beinraum‹, der sich unter den silbern glänzenden Motoren-Elementen befand. Pedale gab es nicht, die Maschine wurde von Hand bedient. Mit seinen Händen fuhr Danny ehrfürchtig über die rund geschwungenen Hebel, Bügel und messingverzierten Armaturen des Cockpits.

Die ganze Maschine sah bizarr und obskur in einem aus: eine Mischung aus Schlitten und Hochleistungs-Boliden, mit einer altertümlich bemalten Parabol-Schüssel als Rückfront.

Danny war zwar schwer beeindruckt, aber dass dieses Gerät überhaupt fliegen könnte, das mochte er immer noch nicht glauben …

1966 in London

»So, Danny, welches Jahr sollen wir in den 60er Jahren einstellen?«

»Ja, mach mal 1966. Und da dann am besten London. Oder geht nur das Jahr und nicht der Ort …!?«

»Ort geht schon auch, aber erst mal das Jahr, das ist das wichtigste.«

»Na gut, dann mach mal 1966: da hatten wir die Beatles in England, die Miniröcke und langen Haare in London; und dort sogar auch das legendäre Fußball-WM-Finale England gegen Deutschland mit dem ›Wembley-Tor‹ …! Also da müssen wir dann auch hin. Deutschland, Mitte der 60er Jahre, das war nicht das ›Gelbe vom Ei‹: da hatten wir hier noch die alten verkrusteten Gesellschaftsstrukturen, Bergbau-Krise, Große Koalition …«, erinnerte sich Danny.

»Ja also, Alex, 1966 scheint mir gut zu sein, denn die Band The Doors wurde im Sommer 1965 von Jim Morrison und Ray Manzarek am Strand von Venice Beach in Kalifornien gegründet. Der Name entstand übrigens in Anlehnung an das Essay von Aldous Huxley ›The Doors of Perception‹, das heißt ›Die Pforten der Wahrnehmung‹, denn Jim Morrison empfand die Erfahrungen seines Meskalinkonsums als Erweiterung seiner Wahrnehmung.«

»Aha, Danny, was du so alles weißt …!«

»Na, denn mal los,« meinte Danny, immer noch skeptisch, ob das überhaupt klappen könnte, mit diesem Gefährt irgendwo hinzukommen

»ZEITMASCHINE – GO …!« rief Alex aufgeregt, schaltete die Maschine an und bewegte einen hoch stehenden Hebel vorwärts.

und: … Ssssssssssssssssssssssssssshhhhhhhhhhhhhhhhhhhhhh …

düste die Höllenmaschine auf und davon.

Danny war doch sehr überrascht, dass das Teil überhaupt flog, und dann auch noch in die Vergangenheit. Von solchen obskuren Geschichten hatte er bisher nur aus Romanen von Jules Vernes oder Abenteuerfilmen gehört. Und jetzt erlebten sie beide das in echt.

»Mann-Mann-Mann, was es nicht alles gibt …!?« dachte Danny, als sie tatsächlich plötzlich im London der 1960er Jahre landeten. Sie steuerten den Hyde-Park an, denn Danny erinnerte sich daran, dass dieser ein ›Public‹, also ein öffentlicher Park war. Dort unterhielten sie sich mit einem freundlichen Bobby über die Aussichten der englischen Fußballnationalmannschaft, der dann auch großzügig versprach, ein Auge auf ihre Maschine zu werfen.

Kaum in der englischen Hauptstadt angekommen, erlebten sie das Swinging London, eine Mode- und Kulturszene, die in London in den 1960er Jahren blühte. Die britische Flagge, der Union Jack, wurde zu einem Symbol, durch Ereignisse wie Englands Heimsieg bei der Fußball-WM. Sie sahen auf der Carnaby Road langhaarige Typen mit lustigen Union Jack-Brillen und Mädels mit superkurzen Miniröcken. Die Mode war ein Symbol der Jugendkultur und hauptsächlich in Shopping-Bereichen wie Carnaby Street, Chelsea und Kings Road zu entdecken. Die beiden sahen die roten Doppelstöcker-Busse, dunkelblau gekleidete Bobbys durch die Straßen schlendern, sehr viele Menschen zu Fuß gehen und überraschend kaum Auto-Verkehr.

Aber auf der anderen Seite entdeckten sie, wie sich sogar in der Londoner City an den Straßenecken auf dem Pflaster der Müll türmte. Und dann auch viel Armut im East End und in den Vorort-Arbeitersiedlungen, sowie reichlich Schmutz in den Docks und der Hafengegend. Natürlich gab es auch Erklärungen für den traditionell niedrigen sozialen Status des Londoner East End. Wegen der vorherrschenden Westwindlage waren Abgase von Heizungen und der Industrie hier besonders spürbar; und die Gegend war deswegen gefährdet für Smog. Außerdem befanden sich hier auch die Docks, an denen viele ungelernte Arbeitskräfte beschäftigt waren. Die beiden Zeitreisenden erkannten schnell, dass bei den Londoner Verhältnissen das East End zu einem Synonym für ein sozial unterprivilegiertes Arbeiterviertel geworden war. Zum East End gehörte auch Hackney, das schon immer als armes, proletarisches Viertel galt und über die Jahrhunderte verschiedene Einwanderergruppen anzog, etwa in der zweiten Hälfte des 20. Jahrhunderts Afrikaner und Südasiaten, vor allem aus Bangladesh. Diese wurden von den einheimischen Engländern nicht gerade liebevoll als ›Pakis‹ beschimpft. Ebenso gehörte der Stadtteil Stepney zum Londoner East End. Das Gebiet bestand aus meist nach dem Zweiten Weltkrieg errichteten Mietshäusern in dichter Bebauung.

Als Alex und Danny durch die grauen Häuserzeilen über die gepflasterten Straßen des East Ends gingen, erlebten sie in dieser dusteren und verrußten Siedlung von Stepney fröhliche Kinder beim Spielen auf der Straße. Es gab da diese Szene, wie ein rothaariges lachendes, etwa fünfjähriges Mädel mit einem einfachen Stock einen Holzreifen übers Pflaster trieb. Ganz in der Nähe trat ein gleichaltriger Junge mit laufender Rotznase in kurzen dreckigen Hosen für sich allein gegen etwas Ball-ähnliches aus Stofflumpen. Damit traf er – mehr zufällig als absichtlich – das Mädchen ins sommersprossige Gesicht. Dieses war sehr erschrocken und begann sofort mit einem riesigen Geschrei. Danny wusste nicht, ob das Mädel überhaupt Schmerzen erlitten hatte. Aber auf jeden Fall stürzte sofort aus einer der Haustüren eine circa dreißigjährige Frau mit Lockenwicklern auf dem Kopf keifend die kurze Treppe zur Straße runter: »What happened here …!? Nobby, what did you do with Peggy …?«

Diese schniefte und plärrte gleichzeitig: »Plärr-plärr … sneef … He shot me directly into my face … sneef … plärr-plärr …!«

Die Frau schnappte sich spontan ihren Sohn, legte sich ihn übers Knie, und es gab für den armen Bub von seiner Mom ziemlich humorlos einen ordentlichen ›Arsch-Voll‹ auf das spärlich mit fadenscheinigen Stoff verhüllte Hinterteil: »Mädchen schießt man keinen Ball ins Gesicht, merk dir das ein für allemal!« Der kleine Junge wollte eigentlich nur Fußball spielen, aber stattdessen erlebte er seinen persönlichen nachmittäglichen Albtraum von weiblicher englischer Gerechtigkeit. Und unsere beiden Zeitreisenden erhielten so einen passenden Eindruck, wie schon den kleinen Kindern das sprichwörtliche britische Fair Play quasi ›mit der Muttermilch‹ eingetrimmt wurde.

Danny kamen bei solchen Szenen Erinnerungen an die eigene Kindheit in den 1950er und 1960er Jahren des Ruhrgebiets, da er in ähnlich einfachen Verhältnissen aufgewachsen war.

Dazu passte ja auch ausgezeichnet die Parallelität der deutschen und englischen Fußball-Kulturen. In den Arbeiterbezirken des westfälischen Ruhrgebiets mit seinen Steinkohle-Zechen und Stahlwerken befanden sich mit Schalke 04, Borussia Dortmund und Rot-Weiß Essen die Hochburgen des deutschen Fußballs der 1950er Jahre. Und in England war es auffällig, dass in der Zeit seines größten Fußball-Triumphes, dem Gewinn der Fußball-Weltmeisterschaft 1966, die entscheidenden Spieler der siegreichen WM-Mannschaft aus ähnlichen sozialen Strukturen kamen, dem Londoner East End. Der dortige Verein West Ham United – auch bekannt als ›The Irons‹ oder ›The Hammers‹ – ist zwar bis heute ein professioneller englischer Fußballverein aus dem East End von London, aber für englische Verhältnisse mittlerweile ein eher mittelmäßiger Verein. Deren Heimspiele werden im Stadion Boleyn Ground ausgetragen. Wegen der nahe gelegenen, gleichnamigen U-Bahn-Station ist es auch unter dem Namen Upton Park bekannt. Auch Geoff Hurst, der den umstrittenen ›Wembley-Treffer‹ im 66er WM-Finale gegen den deutschen Torwart Hans Tilkowski erzielte, war Spieler von West Ham. Der berühmteste Spieler West Ham Uniteds war allerdings Bobby Moore. Der Weltmeister von 1966, zugleich Kapitän des Teams, genoss noch bis ins neue Jahrtausend als ›Gentleman-Fußballer‹ im ganzen Land Kultstatus. All dies ging Danny durch den Kopf, als er mit Alex durch die Straßen des East Ends schlenderte.

Das Fußball-WM-Finale verpassten die beiden Zeitreisenden dann aber leider, da sie schon am 4. Juli 1966 in London gelandet waren, das legendäre ›Wembley-Tor‹ jedoch erst am 30. Juli 1966 das Finale zu Gunsten der Engländer entschieden hatte..

Und von den Doors wusste dort in London überhaupt keiner was.

»Aber die sind doch schon letztes Jahr im Sommer gegründet worden …!«

»Yeah man, but not here, you've to look to the beaches of L.A., California …!«

»Ach ja, Alex, das stimmt ja auch, Jim Morrison und die Doors kommen ja von Venice Beach in Kalifornien …!« Trotzdem hätte Danny gedacht, dass man in London doch schon was von den Doors gehört hätte.

»Ja, aber hier geht doch musikalisch der Bär ab. Vielleicht kommen die ja mal nach Europa …?« fragte der aufgeregte Alex.

»Also, entweder bleiben wir jetzt in London, ohne Doors, aber mit WM, oder wir düsen nach Kalifornien, und suchen da die Doors …!? Wir können natürlich auch auf die Doors Europa Tour 1968 warten. Denn 1968 werden The Doors auf Europatournee sein und dabei das Publikum in London, Stockholm, Frankfurt und Amsterdam begeistern …!

Hier in meinem Heftchen hab ich mir die einzelnen Stationen aufgeschrieben:

- 06. + 07.09.1968 – London, The Roundhouse – jeweils vor 10.000 Zuschauern.
- 14.09.1968 – in der BRD, Frankfurt, Kongresshalle
- 15.09.1968 – Amsterdam, Concertgebouw, wobei Jim mit Drogenproblemen auf der Bühne zusammengebrochen ist. Er musste sogar ins Krankenhaus gebracht werden.
- 17.09.1968 – Kopenhagen, Falkoner Konzerthalle: Jim war aggressiv und das Publikum enttäuscht.
- 20.09.1968 – Stockholm, Konserthuset beim letzten Konzert dieser Europa-Tournee.«

»Okay, Danny, lass uns ein kurzes Resümee ziehen: also, The Doors sind eine US-amerikanische Rockband, die als eine der einflussreichsten Bands der 1960er-Jahre gilt«, sinnierte Alex, »sie werden aber ihr Debütalbum erst im Januar 1967 mit dem Welthit ›Light my fire‹ und dem Song ›The End‹ haben. Und dann im Herbst 1967 wird das zweite Album ›Strange Days‹ erscheinen, das oft als eines der besten der Band bezeichnet wird. Und dann wird 1968 die LP ›Waiting for the Sun‹ heraus kommen. Mit ›Hello, I Love You‹ wird die Band einen weiteren No.1 Hit am US-Markt verbuchen.«

»Ja, Alex, was meinst du? Sollen wir also hier warten, oder ein Stückchen bis 1968 zurück fahren …?«

»Nee, klar«, meinte Alex während ihres Rückwegs zum Hyde-Park, nachdem sie sich das zusammen alles noch mal genauer im kleinen Merkheftchen angeschaut hatten, »nee-nee, wir fahren wieder zurück, bis 1968.«

»Okay, und wohin da?«

»Also, Amsterdam und Kopenhagen schon mal nicht. Das hört sich ja gar nicht gut an, was da so mit dem Jim Morrison passiert ist … Versuchen wir's mal mit Frankfurt.«

»Okay, also 14.09.1968 – BRD, Frankfurt, Kongresshalle: -> Zeitmaschine – GO!«

Und: Sssssssssssssssssssssssshhhhhhhhhhhhhhhhhhhhhhh …

›Der Hund von Laskerville‹

Ssssssssssssssssssssssssshhhhhhhhhhhhhhhhhhhhhhh …..

» … und Zeitmaschine – STOPP!«

Langsam trudelte die Zeitmaschine aus. Aber nach Frankfurt sah das ganz und gar nicht aus. Irgendwie ländlicher und kleinstädtischer.

»Nee, Alex, BRD stimmt zwar, aber auf keinen Fall Frankfurt. Das sieht mir hier verdammt nach Datteln aus. Das kenn ich hier …
 … ach guck, sag ich doch, meine Volksschule damals. Also sind wir jetzt statt in 1968 im Jahr 1963 gelandet …!? Na ja, Alex, du wolltest doch eh schon immer mal sehen, wie es in den ›tollen‹ 50er und 60er Jahren so ausgesehen hat, von denen du so schwärmst … Voila.«

Danny erzählte also Alex von seiner eigenen Kindheit in grauer Städte Mauern …: »In dieser speziellen historischen Entwicklungsphase hatte ich meine Kindheit in den 50ern und Anfang der 60er Jahren. Damit du verstehen kannst, wie es zu solch einer Entwicklung kam, erzähl ich dir jetzt, aus welcher Zeit ich komme, wie das Leben in den 50er und 60er Jahren im Ruhrgebiet war, und was ich für einen familiären Hintergrund habe mit all seiner Ruhri- und Bergbau-Kultur. Also ährlich, echt eh, meine Wurzeln, die kommen wirklich aus grauer Städte Mauern …!«

»Erzähl, Danny, wie war das?«

»Also etwa 1954: Es war in meiner eigenen ›grauen Vorzeit‹. Meine erste Erinnerung im Leben liegt naturgemäß im Nebulösen: eine düstere Zechensiedlung in Selm-Beifang, meinem Geburtsort. Dort wohnten wir zur Miete bei einem Herrn Faber, in der Geiststraße 8, in der Zechensiedlung der ehemaligen Zeche Hermann. Die wurde 1926, nach dem 1. Weltkrieg, von den französischen Besatzern geschlossen. Der damalige Püttmann, der Herr Faber, war erst 50 Jahre alt, als die Zeche Hermann in Selm-Beifang dicht gemacht wurde. Seitdem war er aufs Altenteil abgeschoben. Der war bei meiner Geburt 1951 schon 75 Jahre alt, und er war nicht gerade ein Sympath: eher der Typ verbitterter Alter. Er war halt der düstere Herr Faber, und es war nicht der mit den Buntstiften …!
 … und es war auch nicht der mit den Lottoscheinen …!

Erst holte mein Vadder die Kohle aus dem Pütt raus, der damals ›Minister Achenbach‹ in Brambauer hieß, dann holte er uns, seine Familie am 30. März 1954, aus Selm-Beifang raus nach Datteln …!«

»Das ist total interessant, Danny. Von so was hab ich ja überhaupt noch nichts gewusst,« hörte Alex gebannt zu, »erzähl mal weiter.«
»Ja, kannste mal sehen, Kumpel, wie das damals so war. Pass auf: wir hatten also bis 1956 in Datteln unsere erste Behausung in der Meistersiedlung, das ist die Zechensiedlung unterhalb der Steinkohlezeche Emscher-Lippe. In der Nähe von Schacht I/II, da wohnten wir am Meisterweg 7.

Und jedenfalls dort auf dem Hinterhof beim Spielen im Sandkasten, da streute ich damals der Nachbarstochter Marlies, dem blond bezopften Mädel, Sand in die Augen. War das schon ein erstes, wenn auch wildes Liebesbekenntnis? Leidenschaftliches Spiel der Geschlechter, obwohl, ich war noch nicht mal 5 Jahre alt. Leidenschaft kommt ja von Leiden. Ich weiß nicht, ob Marlies damals sehr gelitten hat!? Ich auf jeden Fall aber sehr! Erst mal bekam ich von der ›Mutti‹ einen ordentlichen ›Diszi‹ in Form einer gehörigen Tracht Prügel auf den Po: ›Mädchen Sand in die Augen streuen ist böse!‹, und der kleine Danny wurde aus pädagogischen Gründen spontan übers Knie gelegt. Gelbe und rote Karte waren damals leider noch nicht eingeführt.«

Zeche Emscher-Lippe Datteln

»Heavy, Danny, really heavy …!«

»Ja schau, Alex: das jetzt, das waren ja nur die Eltern, die waren ja noch ziemlich lieb zu uns. Aber sonst, da gab es ja auch noch viel Schlimmere. So, pass mal auf: wir sind hier in Datteln in den 60er Jahren. Und jetzt kannste mal sehen, wie das so ist, mit den 60ern. Wolltest du doch immer schon erlebt haben …!?«

Danny zeigte Alex also seine eigenen pädagogischen Erlebnisse in seiner deutschen Volksschule der 60er Jahre, Josefs-Schule, Datteln-Hagem: »Guckst du hier: in der Schule, boah, da ging es oft noch viel härter ab …!«

Sie gingen über den Schulhof in Dannys Klasse: »hier, das ist der Herr Lasker.« Den hatte er zwar nur ein Jahr als Klassenlehrer, aber das reichte für immer. Der hatte sowohl Danny als auch andere Klassenkameraden öfter vertrimmt. Der brauchte noch nicht mal nen Stock, der schlug sie auch so mit seinen Händen oder Fäusten zusammen: das war ja so ein Tarzan-Typ, und sie in der 5. Klasse waren alles Hänflinge.

Dann schauten sie einfach mal rein in diese Klasse, wo auch der Schulkamerad Heinzchen drin war. Heinzchen sollte sich seine langen Haare schneiden lassen, weigerte sich aber, weil er schon echt lange ›Matte‹ hatte. Der Saukerl von Lasker hatte ihn in den Schwitzkasten genommen und immer wieder mit der Faust ins Gesicht geschlagen.

»Du, Alex, das glaubste jetzt nicht, was? Und ein Freund von mir, der Harry, berichtete mir überraschenderweise vom Lasker, dass er denen in ihrer Klasse das Fairplay beigebracht hat …! Erst dachte ich, dass ich ihn da falsch verstanden hätte … Vielleicht könnten wir ja dann den Lasker für den Fair-Play-Preis vorschlagen, ne …?«

»Nee, Danny, so was kenne ich gar nicht aus der Schule …!«

»Boah eh, das ist ja jetzt ein Zufall, guck mal da draußen, der Typ dort, der da am Hagemer Kirchweg gerade her läuft. Ich glaub das ist mein Freund Harry …? Komm mit, Alex, der kann dir Sachen aus der Zeit erzählen, das glaubst du kaum.«

Sie gingen raus auf den Schulhof und Danny rief: »Harry, halt stopp, bleib mal stehen!«

Der erstaunte Harry stutzte, drehte sich um und grinste vor Wiedersehensfreude: »Hey Danny, das ist ja mal ein Dingen, dich hier zu treffen. Was machst du denn eigentlich hier?«

»Ja, Harry, ich bin hier mit meinem griechischen Freund Alex. Du wirst es nicht glauben, Harry. Wir sind mit einer Zeitmaschine gekommen, aus dem Jahr 2014 zurück nach 1963. Na, jedenfalls, der Alex interessiert sich für unsere Zeit in den 1960er Jahren. Und wie das hier so abgeht.«

»Hey Alex«, begrüßte ihn Harry mit Handschlag.

»Erzähl doch mal dem Alex was über den Lasker. So was kennt der nämlich gar nicht aus seiner Schulzeit.«

Da hatte Danny in ein Wespennest gestochen. Harry begann, sich total in Rage zu reden: »*Echt, der Lasker war der schlimmste Schläger der Josefs-Schule, noch schlimmer als ›Affe‹ Bottnik und Zoppich. Ich kann das behaupten, denn ich hatte ihn von der 6. bis zur 9. Klasse als Klassenlehrer. Noch am letzten wirklichen Schultag, also selbst da noch, da hat der Schweinehund mir eine gefegt, dass ich kopfüber über die Bank flog. Die Jahre vorher waren voll mit solchen Ereignissen: wenn es mich nicht traf, dann andere … Auf der anderen Seite hat er guten Unterricht gemacht. Vieles von dem, was ich heute weiß, kenne ich durch ihn.*

Aber wenn ich ihn heute träfe, dann am Kinn …!

Lasker setzte seine Mittel ohne Bedenken ein, um Menschen zu brechen. Bei mir und einigen anderen hat er es versucht, ohne dass es ihm gelang. Bei wieder anderen hatte er Erfolg, und sie taten mir Leid mit ihrer dauernden Angst vor ihm. Aber nicht wegen denen würde ich ihm heute aufs Maul hauen, sondern einzig und allein wegen der Schläge, die er mir verabreicht hat. Das geschah mit dem abgesägten, dicken Ende des Zeigestocks auf meine Hände, meinen Arsch und meine hinteren Oberschenkel. Mit seinem persönlichen Hintergrund von neunzig Kilogramm Körpergewicht hat er mir mitten ins Gesicht geschlagen, meinen Nacken in seine Fingerzange genommen und Kopfnüsse gegeben. Ich und die anderen spielten ungewollt Rollen in einer Gewaltorgie, die vier Jahre dauerte.«

»Mann-Mann-Mann, Harry, da hast du es ja noch viel viel schlimmer mit dem Lasker erlebt als ich,« meinte Danny. Wogegen Alex aus dem Staunen gar nicht mehr raus kam. Und er schien auch ganz schön geschockt, dass es so was damals gab.

Harry berichtete weiter von seinen unfreiwilligen ›Abenteuer‹-Geschichten mit Lasker: »*Ein Schuljahr später drückte der Lasker mir einen Fünf-Mark-Schein in die Hand, ich musste den Unterricht verlassen und zum Frisör. Ich weiß noch, dass ich mir ein richtig dickes Eis leistete, den Rest habe ich für irgendeinen Scheiß ausgegeben. Ich ließ mir dann noch Zeit und kam erst nach fast zwei Stunden zurück zur Schule. Es gab nur ein paar Meter von der Josefschule entfernt an der Castroper Straße einen Haarschneider. Natürlich wusste ich, was mich erwartete, ich war knapp Vierzehn. Als ich in den Klassenraum kam, sahen mich alle an. Er auch. Dann gingen wir zwei in den Kartenraum und seine Show begann. Mit der Faust in die Fresse bekam ich nichts, aber viel mehr ließ er aus seinem Repertoire nicht aus.*

Aber er konnte auch anders: von Fairness erzählte er uns – immer und immer wieder. Er nahm uns mit in die Welt der Nibelungen, wo bekanntlich die selbige Treue ihren Ursprung hat, bei ihm lasen wir von den ›Elf Freunden‹ und glaubten ihm das auch. Die Medaille hat bekanntlich zwei Seiten, das ist mir heute klar. Aber wenn der Lasker ins Erzählen kam, war's um uns geschehen.

Und als Allerletztes: ich gehörte zu den Vieren aus unserer Klasse, die ihn auch noch als Trainer der Fußball-Schulmannschaft in voller Pracht erleben durften. Unglaublich, aber wahr: Eines freitags machten wir alle blau, gingen nicht zum Training und trafen uns im Freibad, weil es solch ein sonniger Tag war. Am Montag danach mussten wir antanzen. Dritte Stunde, ich hatte bei einem anderen Lehrer Physik und musste mich mit den anderen vor Laskers Unterrichtsraum aufstellen. Nach und nach holte sich jeder seine Packung bei ihm ab. Die Sechstklässler im Raum kamen aus dem Staunen nicht heraus. Stell dir vor: du sitzt als Schüler im Unterricht, dann geht die Tür auf, und der liebenswürdige Lehrer vorne prügelt einen nach dem anderen, vierzehn eintretende höherklassige Schüler durch. Grotesk irgendwie, aber auch nachhaltig für die Beobachter.

Zu Lasker habe ich jedenfalls keine ambivalente Haltung. Meine Richtung ist klar.«

Inzwischen waren Harry, Danny und Alex in das alte graue Gebäude der Josefschule getreten, gingen die Treppen hoch und schauten oben unterm Dach in den Erdkunde-Kartenraum. Dort hatte Lasker seine Schafe um sich versammelt. Es roch nach einer Mischung aus Tafelkreide und alten Landkarten, die auf einen Stoff aus Leinenstruktur aufgezogen waren.

»Schau mal, Harry,« flüsterte Danny leise, denn er wollte die Stimmung der Klasse nicht stören, »da hinten links, neben der zusammengerollten Europa-Karte …: ist das nicht unser alter Freund Manni?«

»Jau, das ist er.«

Und da erlebten die drei stillen ›Zeiten-Beobachter‹ den Lasker auch mal positiv. Er hatte alle Jungens aus der Klasse Fünf in den engen und intimen Kartenraum unter der Dachschräge zusammen geholt und ›klärte sie auf‹. Denn er hatte auf dem Schulhof eine fiese Bemerkung mitbekommen: »Du kommst aus dem Arsch …!« Und das hatte er dann gleich richtig gestellt! Für das Jahr 1963 eigentlich eine beachtliche Leistung, und dann auch noch als Mann, dieses heikle Thema angeschnitten zu haben, das damals kein Lehrplan vorsah!

Dazu Harry später, als sie wieder draußen vor der Schule standen: »*Ja ja, der Lasker ist zwar eine Drecksau, trotz Fairplay und so. Aber diese Aufklärungsnummer passt gut zu ihm. Manchmal ist er Magier, ein anderes Mal ein von der Kette gelassener Pitbull. Durch diese schulischen Erfahrungen habe ich etwas fürs Leben gelernt: alles hat zwei Seiten. Den Menschen kann man erst nach längerem Zusehen trauen. Das hat mein Verhältnis zu ihnen geprägt, mir aber auch eine Handvoll wirklich guter Freunde eingebracht. Der eine so, der andere so! Ich bin stolz darauf, trotz der zweifelhaften Lasker´schen ›Reformpädagogik‹ später in der Lage gewesen zu sein, mich mit guten Freunden zusammentun zu können. Wenn man durch diese ›Schule‹ gegangen ist, gibt es nur Kuschen oder den aufrechten Gang. Wer Letzteres kann, der findet auch Freunde. So gute Freunde, dass man sein ganzes Leben mit ihnen zusammen bleiben kann. Das macht das Leben lebenswert. Denn die ›Schule‹ der 60er Jahre mit und ohne Lasker hat uns erstarkt ins Leben entlassen. Nur so konnten wir werden, wie wir geworden sind …*«

Harry, Danny und Alex verließen die Josefschule erleichtert. Danny und Harry, weil sie das hinter sich hatten. Und Alex freute sich, dass er so was nie hatte erleben müssen. Sie schlenderten an der Castroper Straße entlang nach Norden, Richtung Dattelner Innenstadt. Da auf der Höhe des Schwanenteiches am Ehrenmal bekam Danny auf einmal so Erinnerungsblitze über seine ersten Ferien-Jobs in den 60er Jahren.

Sie verabschiedeten sich von Harry; und Danny machte zusammen mit Alex einen kleinen Schlenker nach rechts, Richtung Hötting. Sie konnten zu Fuß die B 235 überqueren, ohne groß nach links und rechts zu gucken. Denn es gab da wenig Autoverkehr, nur ab und zu mal einen VW-Käfer, DKW 3/6 oder gar nen Opel-Kapitän. Weiter gingen sie über den Südring, wo man an der Heibeckstraße zum Eingang von Schacht III/IV der Zeche Emscher-Lippe Datteln blicken konnte. Und Danny erinnerte sich an seine Ferienarbeit auf dem Holzplatz des Pütts in den Osterferien 1968. Da war er 16 Jahre. Dort war damals der Vorarbeiter Pitter Päulemann, ein alter Kumpel von Dannys Vater. Der Pitter hatte ihn ein wenig unter seine Fittiche genommen, weil Danny doch noch ein Hänfling unter all den bärigen Haudegen vom Pütt war. So ein Holzplatz hatte schon eine wichtige Bedeutung für die Kumpels von ›unter Tage‹, weil die ja die Stollen und Flöze mit den so genannten ›Stempeln‹ aus Holz absichern mussten. Auf dem Zechen-Holzplatz arbeiteten sie oft mit ausgedienten Gleis-Querstreben von unter Tage, auf denen die Beförderungs-Loren unten in den Stollen fuhren. Diese ausgewechselten Hölzer waren für immer schwarz wie Kohle.

»Boah, glaub mir, Alex, manchmal, wenn es vorher nachts gefroren hatte, da schickten die mich als Jungspund frühmorgens im aufkommenden Morgenlicht raus auf den Holzplatz. Mein Atem dampfte wegen der Kälte und meine erste Aufgabe war, den Raureif von den Holzstapeln zu entfernen.«

»Und wie kamst du so mit den Kollegen zurecht?« fragte Alex, »die waren doch bestimmt alle viel älter als du?«

»Das war prima. Die Kumpels, die waren ehrlich und direkt, wie man hier so ist, im Ruhrpott. Und dann nach der Maloche, da ging es ab in die Kaue. Das war so ein riesiger offener gefliester Duschraum. Da stand ich dann nackig zusammen mit all den anderen Kumpels, auch den kohle-schwarzen Hauern von ›unter Tage‹, und wir haben uns mit der Bergmannsseife schön sauber gebraust. Derweil hingen die Bekleidungs-Körbe unter der Decke. Das waren so ne Art Metall-Käfige. Und jeder Korb hatte eine eigene lange Metallkette, die zur Sicherung ein Vorhänge-Schloss hatte. Jau, eh, und danach ab nach Hause, was futtern und dann in die Heia: schlafen, schlafen, schlafen. Mein Schulfreund Florian, der mich sonst immer nachmittags zum Fußballspielen auf dem schwarzen Ascheplatz des DJK Eintracht Datteln oder abends zum Kickern in unserer Stamm-Kneipe ›Kindermann‹ abholen wollte, klingelte drei Wochen lang vergeblich an der Haustür. Meine Mutter konnte ihm jeden Tag nur den Bescheid geben: ›Der Junge schläft schon.‹ Denn ich war von der ungewohnten Maloche nur noch müde, müde, müde. Die ganzen Osterferien hindurch bestand mein Leben nur aus Arbeiten, Essen, Schlafen, boah …!«

Na ja, dafür konnte er sich aber hinterher von seinen schwer verdienten 200 ›Mücken‹ seinen ersten Kassettenrekorder kaufen. Danny war total stolz, denn in dem kleinen Gerät war alles drin: ein Fach für die Kassetten, ein Lautsprecher, ein Verstärker, und der Clou von dem ganzen Dingen: ein kleines eingebautes Mikrophon.

Nach Schacht III/IV kamen Danny und Alex am Ende des Südrings an der Hosen-Fabrik Osida vom alten Osthushenrich vorbei, ließen das Ostring-Stadion und fast die gesamte Hötting-Siedlung rechts liegen und wandten sich rechts in die Kreuzstraße. Danach Schultenkamp und Eichenstraße, als Danny Alex anstubste: »Boah,« sagte er zu Alex, »guckstu hier: die olle Sackfabrik Schelbert, da hab ich Mitte der 60er Jahre meinen ersten Ferienjob gehabt.«

»Du hast also damals in so ner Sackfabrik gearbeitet? Und wo war das genau hier?«

»Ja, da drüben, die Industriestraße, das ist eine Parallelstraße hier zu der Eichenstraße. Aber die Sack-Fabrik, die hieß übrigens Prestopack, die war von der Eichenstraße zu erreichen. Der Laden stand aber eigentlich an der Industriestraße zwischen Bus-Unternehmen Kossmann und Malkemper, da am großen Wendehof, wo früher der Brennstoffe- und Futtermittel-Handel von Knepper & Niewind war. Und ich sag dir, Alex, das war echte Knochenarbeit. Und das alles für nur 50 Pf. pro Stunde, was heutzutage 0,25 € entspricht. Da hockten wir Kiddies dann eingepfercht in niedrige staubige Räume, um Säcke zu stülpen: glaub mir, echt wie Kinderarbeit in Indien …!«

»Nee. Ehrlich, mitten hier in Deutschland …!?«

»Jau eh, das glaubst du nicht, was. Boah, ich hab jetzt noch in Erinnerung den Staub in der Nase. Und die Maloche mit den Säcken fühlte sich total rau an den zarten Händchen von uns Teenies an. Die Besitzerin von dem Laden war eine Frau. Wir nannten sie Erna Sack, nach der berühmten deutschen Kammer-Sängerin mit der extremen Sopranstimme. Aber der eigentliche ›Sklaventreiber‹ damals, der hieß Horst Taddey. Der Alte hat uns Kiddies auch zwischendurch an die Stickstoff-Firma in Castrop verschachert, um dort Polysäcke zu stecken. Und wenn du mal nicht in der ›Sack‹ am malochen warst, dann ging es eben aufs Feld zum Bauern, um unter sengender Sonne Runkeln zu verziehen: 50 Pfennig die Stunde, wa eh, da kamst du dir vor wie auf den Baumwollfeldern … Old Man River …«

Jetzt hatte Alex aber wirklich die Schnauze gestrichen voll von den 60ern: »Los, Danny, nix wie weg hier. Das will ich alles gar nicht sehen. Die waren wohl doch nicht so toll, die 1960er Jahre … Come on, ab nach Stockholm.

Vielleicht erwischen wir ja die Doors doch noch bei ihrem letzten Gig hier auf ihrer Europa-Tournee 1968 …!?«

»Okie-dokie, Mann, das machen wir. Und zwar sofort, also 20.09.1968 – Schweden, Stockholm, Konserthuset: -> Zeitmaschine – GO!«

Ssssssssssssssssssssssssshhhhhhhhhhhhhhhhhhhhhhh …...

Aber Dannys Weg sollte kein leichter sein …

Die Zeitmaschine flog zwar munter in der Zeitgeschichte hin und her, aber eher wohin und in welche Zeit sie selber wollte. Danny war ja ursprünglich sehr skeptisch gewesen, ob sie überhaupt fliegen konnte. Als das klappte, wunderte er sich nur noch darüber, dass sie tatsächlich funktionierte und sie damit in die Vergangenheit reisen konnten. Sie waren dann auch zuerst wie bestellt in die 1960er Jahre nach London gekommen.

»Nun gut, dass wir irrtümlicherweise beim zweiten Anlauf ins westfälische Datteln gebeamt wurden, statt – wie angepeilt – nach Frankfurt am Main: geschenkt,« dachte sich Danny, »immerhin sind wir sogar nach Deutschland gekommen. Und das auch in die 1960er Jahre, wenn auch fünf Jahre weiter zurück als gewünscht. Wirklich verwunderlich ist, dass das Gerät uns überhaupt in die Vergangenheit bringen konnte. Das ist schon phantastisch genug. Da kommt es auf ein paar Jahre mehr oder weniger auch nicht an. Immerhin war Datteln in den 1960er Jahren eine lehrhafte Lektion für den nostalgischen Alex gewesen …!«

So waren die beiden Zeitreisenden jetzt auch nicht so wirklich überrascht, als sie statt im schwedischen Stockholm in Leipzig, DDR, landeten. Aber immerhin stimmte das anvisierte Jahr 1968.

»Hör mal, Alex, wo wir doch eh schon hier sind, können wir denn da nicht mal eben meine Brieffreundin Winny besuchen, denn die habe ich Ende der 60er Jahre sehr leidenschaftlich geliebt …?«

Winny, das ›Hexchen‹ war für Danny der Traum seiner schlaflosen Nächte gewesen: eine jung gewordene Marlene Dietrich, eine dunkelblonde Schönheit mit hohen Wangenknochen, ebenmäßig geformtem Gesicht und glühend dunklen Augen, die Frisur mit einem eleganten leicht gewellten Seitenscheitel hoch toupiert. Aber Dannys Weg sollte kein leichter sein …

Er erinnerte sich, wie das damals gewesen war: ein Besuch bei seiner geliebten Winny war einfacher gesagt als getan. Wenn sie in Ost-Berlin gewohnt hätte, dann wäre es mit einem Tages-Visum von West-Berlin aus gegangen. Wie Udo Lindenberg das später so schön in seinem Lied besungen hatte. ›Mädchen aus Ost-Berlin …‹ Oder wenn er wenigstens ein Besucher der Leipziger Messe gewesen wäre, dann hätten ihn die DDR-Behörden als potentiellen Wirtschafts-Handelspartner und Devisenbringer immer gerne willkommen geheißen. Deshalb waren die Chancen für Danny ziemlich schlecht. Er hatte zwar bei den DDR-Behörden einen Besuchsantrag für Leipzig gestellt, aber aus dem geplanten Besuch, da wurde leider nix raus. Das wurde ihnen verwehrt: er durfte sie nicht besuchen. Denn dafür bekam er keine Einreisegenehmigung, da er nicht mit Winny verwandt war. Besuchserlaubnisse bekamen im allerhöchsten Falle nur Verwandte, wenn überhaupt …! Es waren ja DDR-Zeiten; und Ende der 60er Jahre herrschte noch der ›Kalte Krieg‹ zwischen den NATO-Staaten und den Warschauer Pakt-Staaten. Der ›Eiserne Vorhang‹ ging mitten durch Deutschland, teilte die beiden Teile in zwei Staaten auf und stand als unüberwindbare Hürde zwischen den beiden Liebenden. Die Entspannungspolitik wurde erst von Willy Brandt ab Anfang der 1970er Jahre initiiert. So bekam Danny schließlich den für ihn bedauernswerten abschlägigen Bescheid von der DDR-Behörde in Ost-Berlin, und aus dem Besuch bei seiner Brieffreundin wurde wegen der politischen Verhältnisse leider nichts. Damals war Danny verzweifelt und flüchtete sich in gewagte Tagträume hinein.

Aber jetzt hatte er mit Alex und seiner Zeitmaschine eine zweite Chance bekommen.
»Schau mal, Alex. Ich bin heiß wie Fritten-Fett auf meine Winny; und ich hab auch das Gemüt eines Terriers. Denn wenn der so was beginnt, dann will er es auch beenden, oder …!?«
»Okay, okay, Danny, keine Frage. Wir sind eh hier schon in Leipzig, da besuchen wir auch deine Winny.«

Für seine heiß und innig geliebte DDR-Brieffreundin Winny aus Leipzig würde Danny 1969 sogar die Elbe schwimmend durchqueren, in seiner Spezial-Disziplin, dem Rückenschwimmen ...
oder danach ... ... über Mauern springen ...
... dabei würde er sich sogar durch die feindlichen Linien der VOPO's schießen ...
... oder gar in die ›richtige‹ Partei eintreten ...
... und das alles nur, um seiner Winny persönlich seinen Balztanz mit Hawaii-Hemd, Beat-Kappe und Fransenhose vortanzen zu können ...

Ja, das waren Zeiten damals, Ende der 60er Jahre. Romantik, Rebellion und Aufbruch – im Zeitalter des Wassermanns schien alles möglich, für Verliebte und Befreite. Aber für Danny und Winny brauchte es erst eine Zeitmaschine, damit sie zu einander finden konnten.

Unterwegs kaufte Danny noch an einem Straßenstand eine rote Rose für seine Angebetete. Danny konnte sich noch an Winnys Adresse erinnern, und so machten er und Alex sich auf in die Forststraße. Ja, da war die Freude groß, als die beiden in die gesuchte Straße einbogen. Mit der Rose in der Hand stand

Danny jetzt mit klopfendem Herzen vor dem Haus mit der Nummer 6 und klingelte. Und dann sah er seine Winny tatsächlich zum ersten Mal im Leben leibhaftig vor sich. Sie war so schön, wie er es sich immer vorgestellt hatte. Sie hatte ihn sofort erkannt, obwohl er völlig unangemeldet gekommen war. Sie lächelte ihn bezaubernd an und umarmte ihn. Und sie duftete dabei zart nach Mai-Glöckchen: so sauber, so blumig, so frisch. Das fand Danny total süß, und sie küssten und knutschten sich. Die Umarmungen und Küsse nahmen kein Ende. Da hatte er mehr Glück gehabt, als einst Romeo & Julia, die überhaupt nicht zueinander finden konnten …!

Alex wurde langsam ungeduldig. Er wollte eigentlich die Doors erleben. Von daher war er jetzt leider nicht bereit, einen längeren Aufenthalt in Leipzig zu erdulden, nur um bei Dannys überraschendem amourösen Abenteuer den Zuschauer zu spielen.

»Hör mal Danny, du hast deine Winny geknutscht, jetzt will ich aber auch endlich mal die Doors sehen …!«

Danny dagegen war so froh, endlich seine Winny mal getroffen zu haben. Ja, er hatte sogar mit ihr geknutscht: whow …! Da war ihm jetzt alles egal. Deshalb verabschiedete er sich trotzdem frohen Herzens von ihr und versprach, bald mal wieder vorbei zu kommen.

»Okay, okay, Alex, machen wir, versuchen wir's vielleicht noch mal mit England. Das hat doch schon mal geklappt. Also bitte: 06.09.1968 – London, The Roundhouse: -> Zeitmaschine – GO!«

Und: Sssssssssssssssssssssssshhhhhhhhhhhhhhhhhhhhhh …..

Danny hatte bei dem erfolgreichen Versuch, seine Winny in Leipzig zu besuchen, seine ›Beat-Kappe‹ auf, eine grau-schwarz karierte Stoffkappe mit Schirm. Die hatte er von seinem Bruder Gerry bekommen. Natürlich musste das Käppi mit auf Reisen durch die Beat-Geschichte der 1960er Jahre. Sie gehörte ursprünglich Gerry. Als der aber Seefahrer wurde, vermachte er sie Danny. Wahrscheinlich gab's bei der ›christlichen Seefahrt‹ bessere Kappen …!? Diese Kappe firmierte in Dannys Familie als so genannte ›Beat-Kappe‹, weil Ringo Starr auch gerne so ein Teil trug.

Jedenfalls, während des Fluges von Leipzig nach London, in einer lang gezogenen Links-Kurve über der Elbe, rutschte Danny seine Beat-Kappe vom Kopf.

Denn da sie in einem offenen Gefährt unterwegs waren, rissen der Fahrtwind und die Gravitation dauernd an ihr. Und über Hamburg muss sie wohl langsam runter getrudelt sein, wo sie dann am Elbufer liegen blieb …

… und dort entdeckte sie kurze Zeit später Helmut ›Schnauze‹ Schmidt während eines Spaziergangs mit seiner Loki. Er hob sie auf, setzte sie sich auf den Kopf und fand sie prächtig. Das war die Geburtsstunde seines legendären ›Elbseglers‹. Den trug er noch jahrzehntelang in Ehren. Da hatte er mit diesem gefundenen Käppi endlich seinen Elbsegler, der Helmut Schmidt, denn man sah ihn ja oft damit. Im Nachhinein war Danny über den Verlust seiner Kappe gar nicht so traurig, da sie ja immerhin eine historische Rolle bekommen hatte. Und später wird die Kappe womöglich mal der Peer Steinbrück erben …

Wogegen unser Alex schon während dieses Flugs völlig fertig war mit seinem bisherigen Ausflug in die Geschichte, als in England die Beatles und Rolling Stones für Furore sorgten: »Boah, Danny, erst das dreckige abgewrackte London, dann das strenge piefige Datteln, und jetzt noch die Mauer mitten durch Deutschland. Nein, nein, nein, ich will nix mehr sehen und hören von den 60er Jahren. Nur noch einmal die Doors sehen, und dann aber wieder ab nach Hause.«

II. Irrfahrten der Zeitmaschine

Isle of Wight Festival 1970

Danny und Alex landeten von Leipzig kommend tatsächlich mit ihrer Zeitmaschine in England. Allerdings nicht in London, und auch nicht 1968, sondern zwei Jahre später auf der Isle of Wight, einer Kanalinsel vor der englischen Südküste.

Sie hatten somit nach langen Irrungen und Wirrungen endlich das Ziel von Alex' Träumen erreicht: er wollte ja unbedingt mal Jim Morrison und die Doors mit eigenen Augen erleben. Das war ihnen gelungen, als sie mit der Zeitmaschine das Isle-of-Wight-Festival vom 26. bis zum 31. August 1970 besuchten. Es fand auf dem Gelände der East Afton Farm statt, einem Gebiet auf der Westseite der Isle of Wight. Es war das letzte von drei aufeinander folgenden Musikfestivals auf der Insel zwischen 1968 und 1970. Und außerdem galt es, auf die Besucherzahl bezogen, als das größte musikalische Ereignis seiner Zeit, noch größer als Woodstock 1969. Obwohl die Schätzungen variieren, schätzt das Guinness-Buch der Rekorde die Zahl auf 600.000, vielleicht sogar 700.000 Menschen, die 1970 das Isle of Wight Festival besucht haben.

Und Danny und Alex waren mittenmang dabei. Danny sogar schon zum zweiten Mal: dank der Zeitmaschine …!

Danny erzählte dem staunenden Alex, wie er beim ersten Mal 1970 völlig überraschend in das 5 Tage dauernde Musik-Festival reingestolpert kam, nur mit einer Umhängetasche mit einem Weißbrot bewaffnet, die in der ersten Nacht als Kopfkissen missbraucht wurde und auch entsprechend aussah: ein schräger Klumpen Brot im Taschenmantel.

»Dabei rauschten Gruppen wie The Doors mit Jim Morrison, The Free, The Who, Chicago, Miles Davis oder Roger Chapmans Family an mir damaligem Musikbanausen leider fast völlig unbeachtet vorbei, weil ich nur Ohren für Fetziges hatte, das dann aber auch von Jimi Hendrix, nur 3 Wochen vor seinem Tod, The Taste, Ten Years After, Jethro Tull und Emerson, Lake & Palmer auch voll befriedigt wurde. Ein Jahr nach der Regen- und Friedens-Schlammschlacht von Woodstock 1969, USA, versammelten sich beim ›europäischen Woodstock‹, dem Isle of Wight-Festival, über eine halbe Million friedliebender junger Menschen fünf Tage bei strahlendem Sonnenschein. Ich habe hier so fünfzig verschiedene Rockgruppen gesehen: außer denen, die ich dir eben schon genannt habe, noch Moody Blues, Procol Harum, Supertramp, Sly & the Family Stone und Folk-Größen wie Donovan, Pentangle, Leonard Cohen, Joan Baez, Joni Mitchell, Melanie, Kris Kristofferson oder Richie Havens und viele andere. Von den fünf Tagen Festival kosteten die letzten drei Tage Eintritt, alles zusammen für drei englische Pfund, was in etwa 30,-- DM entsprach: das waren noch Preise, was ...!?!« schwärmte Danny begeistert.

»Whow ...!« kriegte sich Alex kaum wieder ein, »und dass du dich noch an die ganzen Gruppen erinnern kannst!«

»Jop, mein Lieber,« meinte der glänzend aufgelegte Danny, »und jetzt kann ich die alle noch mal sehen und hören, und das alles viel bewusster als damals ...«

Die Doors selber spielten in der Nacht von Samstag, dem 29., zu Sonntag, dem 30. August 1970. Der ›Eidechsen-Mann‹ Jim Morrison wollte unbedingt in der Nacht spielen, weil das seinem Flair als dusterer Mensch anscheinend mehr entsprach als im Hellen Musik zu machen. Never mind: die Doors spielten großartig auf und ließen alle ihre Hits raus: ›Strange Days‹ und ›Love Me Two Times‹ von 1967. Und bei ›Light my fire‹ lernte Alex auch noch eine junge dunkelblonde Deutsche mit langen Haaren kennen. Sie hieß Nicole, kam aus Recklinghausen und war ein hübsches junges Mädchen, das genauso wie Alex auf Jim Morrison und die Doors abfuhr. Man kann sagen, dass Jim Morrison bei den beiden sozusagen ›das Feuer angezündet‹ hatte. So schmolz Alex nur so dahin, als er zusammen mit Nicole Arm in Arm und wild knutschend das temperamentvolle ›Spanish Caravan‹ von 1968 anhörte. Danach folgte das unvergleichbare ›Waiting for the Sun‹, der Hit ›Hello, I Love You‹ und dann am Ende des Konzerts schaffte sich der ›Lizard-King‹ noch mal mit dem Song ›The End‹ …

Das Isle-of-Wight-Festival war dann auch ein grandioses Erlebnis für Alex. Deshalb war ihm eigentlich alles egal, was um ihn herum vor sich ging.

So stimmte er Danny auch großzügig zu, als dieser ihm steckte: »Hör mal, Alex, morgen am Sonntagnachmittag, da spielt hier doch noch die Gruppe Pentangle. Da möchte ich so 20 m vor der Bühne auf meiner Decke liegen und auf mein Girlie warten. Denn da kommt doch die blonde langhaarige Ann aus Leeds mit ihrer Freundin vorbei. Die legen sich dann direkt neben uns. Im Laufe des Nachmittags werde ich mit Ann ein wenig flirten; und dann werde ich unter ihrem schwarzen Lackledermantel mein erstes Petting-Erlebnis im Leben haben … Das wird bestimmt auch großartig …!«

»Okay, Danny, dann machen wir das …!«

Durch den Flug mit der Zeitmaschine rückwärts in die 60er Jahre hatte sich interessanterweise Dannys Äußeres verändert: er war jünger geworden und sah so aus, wie er tatsächlich zu der jeweiligen Zeit ausgesehen hatte – hier beim Isle-of-Wight-Festival 1970 also wie 18 Jahre.

Glücklicherweise – und warum auch immer – wirkte dieses Phänomen der Verjüngung nur bei Danny. Der mit 29 Jahren wesentlich jüngere Alex blieb davon verschont: er behielt sein Aussehen, wie es war. Es wäre auch schwierig für Danny gewesen, Alex als Baby auf dem Arm zu tragen, oder gar bei seiner Zeugung 1984 in Griechenland zuzuschauen: hihihi ...

Alex und Danny erlebten herrliches trockenes Festivalwetter und hatten keinen Regen mit Schlammschlachten wie in Woodstock, kein »no rain, no rain, no rain ...!« war nötig. Sie waren gut drauf, es war die Zeit von ›love and peace‹ ...

So lagen also Alex und Danny am nächsten Tag verabredungsgemäß auf ihrer mitgebrachten Decke ca. 20 Meter von der Bühne entfernt mitten im riesigen Pulk der friedliebenden Festivalbesucher. Es wurde auch viel geraucht um sie herum, aber Danny als Nichtraucher ließ die kreisenden Joints an sich vorbei gehen. Die süßlichen Wölkchen von Haschisch- oder Marijuana-Sticks ließen ihn kalt. Danny war auch ohne Drogen gut drauf und ließ sich höchstens von den friedlich wabernden Rauchschwaden der schwer nach Patschuli duftenden Räucherstäbchen anturnen.

Ständig kamen neue Festivalbesucher nachgeströmt. Auf einmal stupste Danny den neben ihm auf der Decke sich wohlig rekelnden Alex an: »Da, Alex, da sind sie: die Blonde mit den langen Haaren und die Brünette. Jetzt geht's los. Pass auf, gleich drängen sie sich einfach bei uns daneben. Lass mich nur machen. Ich mach es, wie gehabt, wie angekündigt. Das wird schön, so schöööön ....!«
   Und dann geschah es tatsächlich so, wie es sich Danny vorgestellt und erhofft hatte. Wie ein vom Himmel gesandtes Deja-vu-Erlebnis lief alles genauso ab, was er 1970 schon mal im wirklichen Leben zusammen mit seinem Freund Carlos erlebt hatte:
   »Die beiden englischen Girls setzten sich dann auch ganz frech einfach neben sie ... Danny und Carlos machten sich besonders breit, um es den beiden Girls so unattraktiv wie möglich zu machen, in ihrer engen Nachbarschaft zu lagern. Später war es ihnen dann auch egal, weil es eh immer voller und enger wurde. So hatten sie angenehmer Weise wenigstens zwei nette Girls neben sich ... Die langhaarige Blonde neben Danny hieß Ann und kam aus Leeds ... Nach einigen Stunden lagen ihre Köpfe nur noch ca. 20 cm auseinander ... Dannys Frage: ›What do you think of a flirt?‹ würde heutzutage sicherlich in der Hitparade

der plumpesten Anmachen ganz oben landen … Aber der Erfolg war durchschlagend: statt einer Antwort kam sie mit ihrem Kopf näher und küsste Danny einfach … Das ließ dieser sich nicht zwei Mal ›sagen‹ …: Vor lauter Übereifer bei der wilden Knutscherei verbrannten sie sich fast an den beiden Räucherstäbchen, die zwischen ihnen standen. Die hatte er irgendwann im Laufe des Nachmittags da hin gesteckt, um die Atmosphäre zwischen ihnen etwas anheimelnder zu machen … Vielleicht fand sie ihn ja auch süß? Jedenfalls blieb es nicht beim Küssen und Knutschen allein … Sie ließen sich von Jimi Hendrix aufheizen … Dann der romantische wunderschöne Gesang der Jacqui McShee von der britische Folkrockgruppe Pentangle … Dannys ekstatisches Petting-Erlebnis mit Ann aus Leeds … unter ihrem schwarzen Lackledermantel … ihre freigelegten Brüste streicheln … sich unter ihrem privaten Lacklederzelt befummeln … sich in Ekstase knutschen und herzen … sein jubilierender Samenerguss in seiner Hose inmitten einer halben Million junger Menschen … das war es: das Manifest von Love & Peace ….<<

So blieb Danny für immer dieser schwere Patschuli-Duft der Räucherstäbchen in der Nase, der über Ann und ihn hinwegwaberte und sich zwischen sie legte, wenn er sich später an sein erstes Petting-Erlebnis erinnerte …

Alex und Danny hatten sich überlegt, nun bis zum Ende des Festivals zu bleiben. Eigentlich wollte Alex ja nur die Doors erleben, aber mittlerweile war er vollauf vom ganzen Festival mitsamt dem bunten Treiben der vielen jungen freiheitsliebenden Menschen begeistert, von der vielfältigen Rockmusik sowieso. Und er bekam dann ja sogar auch ein wenig vom politischen Flair der 1970er Jugendkultur mit, als mit dem Auftritt von Joan Baez das Festival beendet wurde. Die US-amerikanische Folkmusikerin mit mexikanischen Wurzeln sang eindringlich mit ihrer starken, klaren Sopran-Stimme. Wegen ihres politischen Engagements wurde sie auch als ›das Gewissen und die Stimme der 60er‹ bezeichnet. Bekannt war sie vor allem durch das Lied ›We shall overcome‹.

Die beiden Jungs hatten vorher verabredet, vor dem Ende des letzten Auftritts das Gelände zu verlassen, weil sie nicht in die Aufbruchsstimmung von 500.000 Menschen geraten wollten.

Deshalb brachen sie schon während des Auftritts von Joan Baez auf. Nach einigen wilden Abschiedsumarmungen ließ Danny sich schweren Herzens von Ann losreißen, dem hübschen blonden Girl aus Leeds.

Und die beiden Glücklichen gehörten nun auch zur Love & Peace & Music-Generation und verließen mit einem breiten Grinsen auf dem Gesicht das Festivalgelände. Sie machten sich auf den Weg zu ihrer Zeitmaschine, die auf einer großen Wiese zwischen einem VW-Bulli und einer goldenen Ente geparkt war. Zwischen all den bunten, mit Blümchen und Peace-Zeichen bemalten Autos fiel sie gar nicht besonders auf.

Trotzdem wollten Danny und Alex jetzt von England aus wieder zurück in ihre abgestammte ›Jetztzeit‹ reisen.

Wilde Zeit im Paris der 70er Jahre

Na, jedenfalls, Alex und Danny wollten von England aus wieder zurück in die Zukunft, ins Jahr 2014, nach Hause.
Alex drückte bei seiner Zeitmaschine auf ›go‹ und ab ging die Post ….:

Ssssssssssssssssssssssssshhhhhhhhhhhhhhhhhhhhhhhh …..

Slowly slowly wurden sie langsamer und schwebten über Paris. Die beiden erkannten das am Eifelturm. Die Zeitmaschine brachte sie wie automatisch zum Pariser Ostfriedhof Père Lachaise und dort in die 6. Division, 2. Reihe, Grab 5. Das war das Grab von Jim Morrison, in dem er am 7. Juli 1971 beigesetzt worden war.
Whow, welche eigenmächtige, positive Überraschung hatte die Maschine dem staunenden Alex denn da gemacht …?
Danny selber hatte das Grab ja schon zusammen mit seinem inzwischen verstorbenen Freund Matthes 1974 besucht.
Von damals wusste Danny noch, dass Pamela Courson ihren Freund Jim Morrison am Morgen des 3. Juli 1971 in ihrer gemeinsamen Pariser Wohnung gefunden hatte. Wenige Minuten nach dem Hilferuf um 9:24 Uhr war er schon tot.

Aber Alex war hier und jetzt total perplex, als er vor dem bunt bemalten Grabmal seines Idols stand:

Erst die angeblich irrtümliche Landung in Paris, dann das Grab von Jim Morrison auf dem Friedhof Père Lachaise …

… ob das alles mit rechten Dingen zugegangen war …?

»Sag mal, Alex«, fragte dann auch der ebenfalls überraschte Danny, »wie kam das denn jetzt? Eigentlich wolltest du uns doch zurück in unsere Jetztzeit beamen und mich dabei unterwegs zu Hause absetzen …!? Und jetzt hier in Paris …!?«

»Ja, lass uns mal auf die Armaturen der Zeitmaschine gucken, was sie uns zu sagen haben …?« antwortete Alex, nachdem er sich von seiner ersten Überraschung erholt hatte.

Das Grab von Jim Morrison würde ihnen schon nicht weglaufen. Deshalb war hier auch keine Eile angesagt.

»Hm, das ist ja interessant …: hier auf der Datumsanzeige steht das Datum ›31.08.1971‹ …!?«

»Ja, und am 31. August 1970 haben wir das Isle-of-Wight-Festival verlassen«, ergänzte Danny.

47

»Das heißt also«, resümierte Alex, »wir sind genau um ein Jahr vorwärts gesprungen.«

»Ja, das verstehe ich ja noch gerade«, staunte Danny, »aber wieso genau ein Jahr später hier in Paris …?«

Alex suchte an den Armaturen herum. Er hatte die Zeitmaschine zwar entwickelt, aber bisher waren sie vor allem rückwärts von der ›Jetzt-Zeit‹ in die 1960er Jahre gefahren, um den Zeitgeist der Beat-Musik zu finden.

Na ja, jedenfalls fand Alex noch ein Rädchen: »Schau mal, Danny. Hier steht ›automatic‹ drauf, und das guckt nach oben. Und weil wir doch bisher immer Jim Morrison suchten, den ich zu Beginn meiner Reise als Such-Objekt eingegeben hatte, sind wir schließlich – immer noch automatic – an seinem Grabstein gelandet.

»Ach so, deshalb also: ›gestern‹ haben wir den guten Jim noch putzmunter bei seinem Doors-Auftritt auf dem Isle-of-Wight-Festival 1970 gesehen, und heute liegt er schon tot in seinem Pariser Grab. Mit so einer Zeitmaschine vergeht das Leben schnell …: ›hart, aber gerecht‹ …!« brummelte der grübelnde Danny philosophisch vor sich her.

Nachdem sie sich in aller Ruhe das Grab von Jim Morrison angeschaut hatten, schlug Danny vor: »Hör mal, Alex, wo wir hier schon mal in Paris sind, da schauen wir uns doch mal in der City um: Notre Dame auf der Seine-Insel, Quartier Latin und Montmartre mit der Sacré-Coeur …«

»Gute, Idee, Danny, das machen wir.«

Und damit stürzten sich Danny und Alex in das aufregende Leben der frühen 70er Jahre in Paris. Der Aufstand der Studenten im Mai 1968 hatte einen Jahre währenden Widerstandsgeist unter Frankreichs intellektueller Jugend entfacht: lange Haare, Bärte, Mini-Röcke, Straßenmusikanten, Partys und Liebesnächte in Kommunen, Diskussionen mit Revolutionären, Flugblätter und Brandtücher in Molotow-Cocktails gehörten dort zum Alltag.

Aber Danny und Alex liebten es eher friedlich. Sie begaben sich auf die Île de la Cité, eine Insel in der Seine, gegenüber dem Louvre, nahe dem Quartier Latin und dem Place de St. Michel. An der westlichen Inselspitze hinter der Pont Neuf hatte sich im Schatten der Bäume ein internationales Völkchen von Hippies mit Gitarren, Jesus-Latschen und langer bunter Flatterkleidung zum Lagern breit gemacht.

Ein deutscher Hippie spielte gerade Hannes Waders Tramper-Song:

> ›Ich bin unterwegs nach Süden
> und will weiter bis ans Meer.
> Will mich auf heiße Kiesel legen
> und dort brennt die Sonne mir …‹

Und dort auf der Insel trafen sie auf die sympathischen Holländer um den grauhaarigen Wim und die schlanke blonde Toos im Blümchen-Rock. Die Clique war mit einem VW-Bus unterwegs. Danny und Alex freundeten sich mit ihnen an. Sie blieben eine Woche zusammen und erlebten allerlei. In der ersten Nacht schliefen sie alle sechs in Wim's VW-Bus. Am nächsten Morgen fuhr Wim ein bisschen herum, hielt dann an, und die Seitentür wurde geöffnet.

»Whow, Wim, bravo, welch eine gelungene Überraschung …!«, freute sich Danny, der noch im Liegen rausguckte und direkt zum Eiffelturm hoch schaute, wohin sie Wim kutschiert hatte. Danach sollte gefrühstückt werden, aber es hatte noch keiner von ihnen französisches Geld gewechselt. Da war es für die anderen eine schöne Überraschung, dass Danny aus seinem Umhängebeutel eine Tafel Schokolade auspackte, die sie sich alle teilten. Le ›petit dejeuner‹, das kleine französische Frühstück, war für die bunte Gesellschaft noch nicht komplett, also für Alex, Toos, Wim, Mariette und Valerie, die beiden anderen holländischen Girls. Denn sie waren alle Raucher, hatten aber nichts mehr zu rauchen. Da war die Freude groß, als ausgerechnet Danny, der einzige Nichtraucher, aus seiner Tragetasche auch noch ein Päckchen englischen Tabak hervorzauberte, was ihm von diesen flippigen Leuten weggequalmt wurde. Sie freuten sich sehr über Dannys Überraschungs-Tasche. Obwohl er nicht rauchte, hatte Danny damals ein großes Herz auch für Raucher und verschenkte sein Souvenir aus London gerne.

Während sich Alex mit Mariette und Valerie, den beiden anderen holländischen Girls, im Quartier Latin rum trieb, wurde Danny von Toos einige schöne Plätze gezeigt. In der Notre Dame-Kathedrale an der Ost-Spitze der Île de la Cité lauschten sie an einem Sonntagabend einem Orgelkonzert mit mächtigen Bach-Werken. Die Kirche war rappelvoll. So setzte er sich einfach mit Toos auf den Steinboden an der Kirchenmauer, schloss konzentriert die

Augen, ließ den schweren Duft nach Weihwasser über sich hinweg ziehen und genoss das regelmäßig stattfindende Sonntagabend-Orgelkonzert, das die alte Kathedrale erzittern ließ.

Hinterher zogen sie noch mit Jean-Francois, einem französischen Typen, durch die Stadt, auf der Suche nach dem einzig ›wahren‹ nordafrikanischen Cous-Cous-Essen. Lecker war's, und der Typ war echt ne ›Type‹: denn als sie dann mitten in der Nacht zu Dritt durch die Straßen von Paris wieder zurück zum Quartier Latin liefen, da begann er auf einmal lauthals mit fester und klarer Stimme zu singen, und zwar das Stück von Peter Sarstedt ›Where do you go to my lovely …‹ Unvergesslich und wunderschön …!

Späthippies in Westfalen

Nachdem Danny und Alex eine Woche lang die Pariser Luft der beginnenden 70er Jahre mit ihrer Polit- und Hippie-Szene eingeatmet hatten, drängte es Danny weiter zurück in die Zukunft.

»Hör mal, Alex. Ich hätte da noch ne Idee für dich: wegen des Zeitgeistes mit und um Jim Morrison …«, grübelte Danny laut vor sich her, »erinnerst du dich noch an das junge dunkelblonde Mädel aus Recklinghausen, mit dem du dich in der Nacht des Doors-Auftritts auf dem Isle-of-Wight-Festival 1970 so angeregt unterhalten hast …?«

»Oh yeah, die schnuckelige Nicole, die stand genauso wie ich auf Jim Morrison: tolle Frau und so süß …!«

»Pass auf, Zeitenwanderer-Kamerad, mach mal die Maschine klar. Denn ich weiß, wo die wohnt …«, lachte Danny mit leuchtenden Augen, »wir haben jetzt August 1971. Da fiel mir doch gerade ein, dass sie jetzt meine aktuelle Freundin ist, meine Perle, wir gehen miteinander …«

»Wie jetzt?« staunte Alex, »aber beim Isle-of-Wight-Festival hattest'e doch nur Augen für die blonde Ann aus Leeds …!?«

»Na, logo«, konterte Danny, »da kannte ich Nicole auch noch gar nicht …! Die hab ich doch erst im Februar 1971 kennen und lieben gelernt.«

»Na gut, wenn du meinst, dass das eine gute Idee ist …!? Dann geht's jetzt weiter mit der Maschine.«

»Ja, aber so was von plötzlich, bitte. Ich will jetzt sofort nach Recklinghausen gebeamt werden und meine Nicole knutschen. Auf der Stelle: mach zackig …!«

Sssssssssssssssssssssssshhhhhhhhhhhhhhhhhhhhhhhh …..

Und ab zischte die Zeitmaschine, bis Danny den Befehl gab:

»ZEITMASCHINE – STOPP!«

Jedoch wie meistens, wenn Alex seine Zeitmaschine auf die Schnelle anwarf, ging irgendwas schief. So auch dieses Mal. Statt Ende August 1971 nach Recklinghausen zu kommen, landeten sie Ende August 1976 in Datteln: haarscharf daneben. Topographisch zwar nur 12 km entfernt, aber 5 Jahre später. So kamen sie zum zweiten Mal nach Datteln, ein Jahrzehnt nach dem ersten Besuch …

Na jedenfalls hatte sich bei Danny gegenüber 1971 einiges geändert und er hatte schon seit Jahren nichts mehr von Nicole gehört. Sie blieb 1976 für ihn wie vom Erdboden verschluckt.

Dafür ›ging‹ Danny zu dieser Zeit mit Tina und erklärte Alex:

»Na guck, Compadre Alex, biste jetzt voll in den bunten 70er Jahren gelandet. Statt mit Nicole zu knutschen, könnte ich doch mal schön mit Tina bumsen. Da läuft wenigstens was mit Sex, mit der lustigen Tina. Du wirst schon sehen …«

Aber nichts sahen sie. Denn Tina war gerade mit ihrer Freundin im Urlaub an der kroatischen Küste.

Dafür fanden Danny und Alex dann was ganz anderes, als sie in der Dattelner Szene-Kneipe ›Stadtschänke‹ in der Kolpingstraße bei Irmgard rein kamen. Dort lief gerade von Terry Jacks dieser aktuelle Hit von ihm, ›Seasons in the sun‹:

› … goodbye, my friend, is hard to die,
we are like birds,
are singing in the sky,
pretty girls are everywhere,
we had joy, we had fun, we had seasons in the sun …‹

Während sie das mitsummten, fand Alex in der Kneipe ein herumliegendes Flugblatt.

»Schau mal, Danny: ›Yippie, Mari-INFO-huana‹. Mann-Mann-Mann, das riecht ja schwer nach Zeitgeist …!?!«

»Zeig mal her, Alter. Nee, das glaub ich jetzt nicht …!? Hör mal, das ist von mir, auf die alte Matrize von unserem Papa abgezogen. Die hatte der noch vom Siedlerverein, um damit Einladungen zu schreiben und zu vervielfältigen. Jau jau, guck mal, da unten auf dem Flugblatt, da hat sich auch der Laufi verewigt, von den Holy Flips in Herten. Ist ja geil!«

»Matrize, Laufi, Holy Flip …: ich versteh nur Bahnhof. Mach mal langsam, Danny, was liegt an …!?«

»Weißte was, Alter, wir machen die Biege und ›reiten‹ mal nach Herten. Als ich den Laufi das letzte Mal gesehen habe, das war auch das letzte Mal, dass ich die Nicole getroffen habe, im Merfelder Bruch, bei den Wildpferden, nahe Dülmen. Das muss so im Spätherbst 1974 gewesen sein … Und wenn wir den Laufi finden, weiß der vielleicht, wo die Nicole ist. Die wolltest du doch sehen, schon von wegen euer beider Vorliebe für die Doors?«

»Ja ja, ist ja gut. Dann mach mal hin«, willigte Alex ein.

»Auf jeden Fall wirst du soviel Zeitgeist einatmen können, wie du noch nie erlebt hast …, wenn wir den Laufi treffen, und Andy und die anderen von Holy Flip. Die machen Musik, haben immer viel Späßchen, und was zu rauchen kriegst du da bestimmt auch.«

»Ja, meinst du wirklich?« guckte Alex seinen Mit-Zeitreisenden mit großen strahlenden Augen an.

Danny hatte längst mitbekommen, dass Alex immer ganz versessen darauf war, den jeweiligen Zeitgeist so tief wie möglich einzusaugen. Kein Wunder, er hatte es ja endlich geschafft, mittels seiner Zeitmaschine in die von ihm so heiß geliebten Jahrzehnte der 1960er und 1970er Jahre zu gelangen.

Wie die Leser/Innen auf dem Titelfoto vorne gut erkennen können, sind die beiden Roman-Protagonisten Danny Kowalski und Alexis Sotiris dort im Stil des 70er Jahre-Zeitgeistes gestylt. Links Danny mit Vollbart, Stirnband, Tüchern und weißem Orient-Shirt, dagegen rechts der junge Grieche Alexis martialisch mit Kurzhaar-Frisur, Schnauzer und modischem blauen Hemd.

*… auch bei Danny war wieder ordentlich Zeitgeist am Werkeln:
aus dem einstigen Isle-of-Wight-Jüngelchen im gebatikten T-Shirt war erst ein
langhaariger Kriegsdienstverweigerer, und dann ein Student der Sozialwissenschaften mit Vollbart, langen Haaren, Ketten und Flicken-Jeans geworden …
… und der trug gerne mal seinen selbst gebastelten Tramper- Lederhut*

Während der Reise mit der Zeitmaschine war Danny nicht nur jünger geworden, sondern es veränderte sich überraschenderweise auch ständig sein Outfit, der Mode und dem Zeitgeschehen der jeweiligen Epoche entsprechend. Bei ihm ist die Zeitgeist-Entwicklung besonders gut hier auf den drei Fotos der 1970er Jahre zu sehen, neben dem ›Yippie. Mari-INFO-huana‹.

»Na gut, dann also ab nach Herten«, drängte Danny, »sollen wir, wie ich früher dort hin trampen? Oder lieber unsere Maschine nehmen?«
»Nee nee, lieber mit der Zeitmaschine«, antwortete Alex, »die möchte ich hier nicht so einfach mitten in Datteln stehen lassen.«
»Ja klar, also los …!«

Ssssssssssssssssssssssssshhhhhhhhhhhhhhhhhhhhh …..

Kaum war die Zeitmaschine los gestofft, musste Danny auch schon seinen bekannten Befehl geben:

»ZEITMASCHINE – STOPP!«

III. Zurück in die Zukunft

Tsunami in Südost-Asien

Ssssssssssssssssssshhhhhhhhhhhhhhhhhhhhhhh …..

… ging es ganz schön lange, als hätte sich was an der Zeitmaschine verklemmt.

Und so kamen Danny und Alex gar nicht in Herten an: weder 1976 noch überhaupt, sondern fast 30 Jahre später in Khao Lak, Thailand, Anfang 2005.
»Ja, was ist das denn hier …!?« staunte Danny, »ganz bestimmt nicht Herten. Da gibt es keine Palmen, und am Meer liegt das auch nicht …!«
»Boah, und so heiß hier«, stöhnte Alex, der es doch aus Athen eigentlich heiß gewöhnt war. Aber dort haben sie im Sommer meist eine trockene Hitze. Hier jedoch war es feucht-schwül und affenheiß …
Alex kontrollierte die Armaturen: »Hier steht 02.01.2005. Da sind wir ja unserer Jetztzeit dieses Mal ein ganz schönes Stückchen näher gekommen.«
»Irgendwie kommt mir das hier sehr bekannt vor, Alex«, fiel ihm Danny ins Wort, als es ihm plötzlich wie Schuppen von den Augen rieselte, »diese lange geschwungene Küstenlinie könnte glatt im südthailändischen Khao Lak sein …? Da war ich mit meiner Frau Moni in den 90er Jahren viermal im Urlaub. Dammals wohnten wir hier noch in so Bambus-Hütten. Aber jetzt stehen ja überhaupt keine Hütten mehr: weder aus Bambus noch aus Holz oder gar Stein-Bungalows. Alles weg, als hätte hier jemand Tabula-Rasa gemacht …!? Boah, Alex, das ist ja entsetzlich. Das war so idyllisch hier. Und jetzt alles Chaos …: unglaublich …!?!«
Sie stiegen auf dem feinen Sandstrand aus, auf dessen freier Fläche sie gelandet waren. Als sie landeinwärts gingen, sahen sie die Folgen eines erschreckenden Ereignisses. Es hatte vor einer Woche furchtbare Zerstörungen gegeben, als ein Tsunami nicht nur über Khao Lak, sondern über viele andere Gebiete im ganzen Südostasiatischen Raum hinweg rollte – das war am zweiten

Weihnachtstag, dem 26.12.2004 gewesen. Viele Menschen fanden dabei den Tod; fast die gesamte Vegetation und die Bungalow-Dörfer wurden zerstört! Khao Lak war völlig verwüstet und von Leichen übersäht! Danny war total geschockt …!

Was war da geschehen …? Welche unvorstellbare Gewalt der Natur hatte hier gewütet, die dieses einstige Urlaubsparadies zur Hölle gemacht hatte …!?

Danny hatte ja durch die Medien vom Tsunami gewusst und auch die Berichte und Filme darüber gesehen. Aber das jetzt alles mit eigenen Augen zu erleben, das war schon schrecklich, nahezu horrormäßig. Deshalb schaute er auch traurig auf dieses von der Natur angerichtete Chaos. Voller Wehmut berichtete er Alex über das Glück und die Ruhe, die er in der einstigen Urlaubs-Idylle vor einem Jahrzehnt erlebt hatte: »hör mal, Alex, Khao Lak stand 1990 noch auf keiner touristischen Landkarte, bevor wir es für uns entdeckten, dort in den Jahren 1994 bis 1997 unsere glücklichen Zeiten erlebten. Komm, wir schauen mal, ob wir im Nang Thong Bekannte oder lieb gewonnene Freunde treffen? Denn da haben wir damals immer gewohnt.«

Sie fanden tatsächlich Joy und Jeed vom Nang Thong Bay Resort, die in den Trümmern ihres Resorts nach brauchbaren Überresten suchten. Ihre Existenz war zwar zerstört worden, aber wenigstens nicht auch ihr Leben! Danny freute sich total, dass die beiden überlebt hatten:

»Sawadhee khap, Joy and Jeed. We are glad to see you living. By the way, this is my friend Alex.«

»Sawadhee khaa, Danny and Alex. What a surprise, Danny, to see you again after such a long time. How many years ago we've seen you the last time …?«

Danny rechnete im Kopf, bevor er antwortete: «Last time we've been here in Nang Thong in 1997. Well, it's now actually 8 years ago that Moni and me have been here in Khao Lak. But please, tell me, Joy, what happen here last week with the Tsunami and you?«

Joy berichtete ausführlich, was ihnen am Tage des Tsunami und danach passierte.

Die beiden Zeitreisenden waren entsetzt und betroffen über das, was sie sahen, und boten ihre Hilfe an.

»Yes, you can help. Do you have internet? So we would be able to ask the people all over the world for help ….!?«

»Okay, of course we can do this«, und Alex kramte sein Handy aus der Hosentasche, »I've a smart-phone with internet. I do it for you.«*

Und tatsächlich funktionierte das auch. Zusammen mit der jungen hübschen Jeed setzte sich der smarte Grieche gerne in den Schatten unter einer stehen gebliebenen Kokos-Palme, um ein internationales Hilfsprogramm für Khao Lak auf die Beine zu stellen.

Denn überall lagen noch Leichen herum: auf dem Strand und im Gestrüpp zwischen umgerissenen Kasuarina-Bäumen und Kokos-Palmen. In den schwül-heißen Tropen müssen naturgemäß Leichen immer schnell beseitigt werden. Denn sonst stinken sie nicht nur, sondern könnten auch Epidemien verursachen. Deshalb roch es in der Umgebung von Khao Lak nicht nur schwer nach Verwesung, sondern überall wurden zur Überdeckung des Leichen-Gestanks in Massen Sandelholz-Räucherstäbchen angesteckt, so dass ganz Khao Lak eher wie ein buddhistischer Freiluft-Tempel duftete …

Jedenfalls rollte besonders aus Deutschland, woher immer sehr viele Urlaubsgäste gekommen waren, eine Hilfswelle sondergleichen an. Es war ja auch sehr bezeichnend, dass gerade in Deutschland »Der Schwarm« von Frank Schätzing (Köln 2004) monatelang ganz oben auf der Bestseller-Liste stand, hatte er doch eine Tsunami-Welle als Fiktion in seinem realistisch apokalyptischen

---

* *deutsche Übersetzung der Unterhaltung zwischen Joy, Jeed, Alex und Danny:*
»Einen schönen guten Tag, Joy und Jeed. Wir sind sehr froh, euch lebend zu sehen. Übrigens, das ist mein Freund Alex.«
»Einen schönen guten Tag, Danny und Alex. Was für eine Überraschung, Danny, dich nach so langer Zeit wieder zu sehen. Wie viele Jahre ist es her, seit wir dich das letzte Mal gesehen haben …?«
Danny rechnete im Kopf, bevor er antwortete: »Das letzte Mal waren wir hier in Nang Thong im Jahr 1997. Es ist jetzt 8 Jahre her, dass Moni und ich hier in Khao Lak gewesen waren. Aber bitte, sag mir doch, Joy, was passierte hier eigentlich letzte Woche mit dem Tsunami und euch?«
Joy berichtete ausführlich, was ihnen am Tage des Tsunamis und danach passierte.
Die beiden Zeitreisenden waren entsetzt und betroffen über das, was sie sahen, und boten ihre Hilfe an.
»Ja, ihr könnt helfen. Habt ihr Internet? So würden wir in der Lage sein, um die Menschen auf der ganzen Welt um Hilfe zu bitten ….?«
»Okay, natürlich können wir das tun«, und Alex kramte sein Handy aus der Hosentasche, »ich habe ein Smartphone mit Internetzugang. Ich mache das für euch.«

Öko-Thriller, in dem die Natur ›durchdreht‹, bereits vor dem 26.12.2004 ›vorhergesagt‹ …!

Tatsächlich schaffte diese sympathische thailändische Küstenregion, die Weihnachten 2004 durch den Tsunami sein Inferno erleiden musste, später den Wiederaufbau innerhalb von nur zwei Jahren.

Aber so lange wollten Alex und Danny nicht bleiben. Sie wollten eigentlich wieder nach Hause in ihre Jetztzeit. Das verstanden auch ihre thailändischen Freundinnen Joy und Jeed vom Nang Thong Bay Resort. Aber vorher führten sie die beiden noch in ihre provisorische Gar-Küche hinter der ehemaligen Rezeption, bestehend nur aus einem Wok auf einem einfachen gasbetriebenen Einflammenherd. Dort kochten sie den beiden zum Abschied eine scharfe thailändische Suppe, Tom-Kha-Gai genannt, eine heiße Hühnersuppe mit Kokosmilch, worin rote Chili-Schoten, Zitronengras-Stängel und Silberzwiebeln schwammen. Die duftete köstlich nach Ingwer und erwärmte unsere beiden Zeitreisenden innerlich. Dadurch verdunstete gleichzeitig auf ihrer Haut feinperliger Schweiß, was sie aber auch angenehm abkühlte. So wurden ihnen durch das höllisch scharfe Essen eventuelle Bakterien im Körper gleich wieder abgetötet. Und sie konnten erfrischt und gestärkt weiterreisen.

Sie stellten die Zeitmaschine auf Richtung Westen und hofften, auch dort hinzukommen.

Los ging's und …

Ssssssssssssshhhhhhhhhhhhhhhhhhhhhhh …..

Hurrikans Katrina und Wilma 2005

Ssssssssssssssssssssssshhhhhhhhhhhhhhhhhhhhhhh …..

Die Zeitmaschine zischte ab wie eine Rakete, bis Danny seinem Reise-Kumpan Alex durch den lauten Fahrtwind zu brüllte:

»ZEITMASCHINE – STOPP!«

Als sie dann langsamer wurden und zur Landung ansetzten, war's wiederum sehr warm, es gab auch wieder Palmen und wieder jede Menge Wasser …
»Schau mal, Alex, das kommt mir da unten auch schon wieder sehr bekannt vor …!? Eigentlich sollten wir ja jetzt in Europa sein, aber das da unten, das halte ich eher für das Mississippi-Delta, müsste mich schwer täuschen, wenn nicht …« Und tatsächlich, Danny hatte Recht: unter ihnen lagen die vielen verschlungenen Arme der Mississippi-Mündung in den Golf von Mexiko. Die großflächigen Sümpfe dort ›down by law‹ wurden von der im Westen untergehenden Sonne vergoldet. Eine riesige grüne Sumpflandschaft, überschwemmt von unübersichtlichen Seenplatten.
»Joh, Alex, das kenne ich von 1991, hier war ich schon mal. Da mitten drin in den Sümpfen von Louisiana, da liegt New Orleans. Boah, das war so gut. Da ist Musik drin, und nicht zu knapp! Und wir werden dort mitten drin sein, im ›Big Easy‹, oder auch genannt ›der große Leichtsinn‹, so hieß damals ein Film mit Dennis Quaid, Ellen Barkin und den Neville Brothers …«

»Ja ja, Danny«, meinte der gar nicht mehr großartig überraschte Alex, »da sind wir doch tatsächlich mit meiner Zeitmaschine von Thailand nach Westen geflogen, wenn auch einen Kontinent zu weit … Aber ist egal: USA ist schon okay, da wollte ich eh schon immer mal hin …!«

»Boah, aber das ist ja alles total überschwemmt hier …«, wunderte sich Danny.

Sie kamen gerade Ende August 2005 dort an, nachdem der Hurrikan Katrina in den südöstlichen Teilen der USA, insbesondere an der dortigen Golfküste, enorme Schäden angerichtet und zeitweise die Stufe 5 erreicht hatte. Zu den betroffenen Bundesstaaten gehörten Florida, Louisiana, dort besonders der Großraum New Orleans, Mississippi, Alabama und Georgia. Der Hurrikan Katrina galt als eine der verheerendsten Naturkatastrophen in der Geschichte der Vereinigten Staaten, wie Danny wusste.

In seinem Kopf ratterten gleich die Daten runter und er erinnerte sich an das, was er über Katrina gelesen hatte: durch den Sturm und seine Folgen kamen etwa 1.800 Menschen ums Leben. Der Sachschaden belief sich auf etwa 81 Milliarden US-Dollar. Insbesondere die Stadt New Orleans war stark betroffen. Durch ihre geographische Lage führten zwei Brüche im Deichsystem dazu, dass rund 80 Prozent des Stadtgebietes beinahe 7,60 Meter tief unter Wasser standen.

Da hatten Alex und Danny natürlich ein enormes Mitgefühl für die Opfer des Wirbelsturms ›Katrina‹, der New Orleans und halb Louisiana überschwemmt und alle diese bunten Menschen obdachlos gemacht und aus ihrer Gemeinschaft gerissen hatte, die Danny noch bei seinem Besuch 1991 so fröhlich, frei und unbeschwert hatte erleben dürfen …

Während sie zur Landung ansetzten, erzählte er Alex trotzdem erst mal anschaulich, wie es ihm 1991 dort ergangen war: »ich weiß ja, dass du auf diese spezielle Cajun-Musik-Kultur stehst. Und das war es auch, was mich hier hin lockte: das musikalische Nachtleben in New Orleans und da speziell in der Frenchmen Street. Gleich am ersten Abend bekam ich schon einen tollen Tipp. Ich hatte Hunger und ging in die ›Praline Connection‹, ein Cajun- & Creole-Restaurant. Dort bekam ich so leckeres local-food, dass es zu meinem Stamm-Restaurant wurde. Jedenfalls bekam ich dort von einem schwarzen Kellner die Information, dass Charmaine Neville in einem Club ein paar Blöcke weiter in der Frenchmen Street zu singen pflegte. Sie ist eine Schwester der Neville Brothers, die auch schon öfters auf deren CD's mitgesungen hat. Ich bin ja ein totaler Fan der Neville Brothers. Der Club hieß Snug Harbour. Und tatsächlich: dort sollte sie ein paar Tage später samt Begleitband auftreten.«

»Echt, Danny, die Sister von den Neville Brothers …!?« unterbrach in Alex begeistert.

»Jop, die hab ich dort live erlebt. Das war super, sag ich dir …! Und dann gab's da in der Frenchmen-Street noch das Cafe Istanbul, nur ein paar Häuser von meinem Hotel entfernt. Da spielte eine fetzige Life-Band namens Ice Nine, so ne flotte Musikmischung aus Rock und Soul und ich unterhielt mich ein wenig mit Santiago, dem puertoricanischen Percussionisten der Gruppe. Den traf ich übrigens in den nächsten Nächten im Cafe Brasil immer wieder bei seinen Auftritten. Er spielte nämlich parallel in vier verschiedenen Latin-Musikgruppen.«

All diese Bilder standen Danny ganz lebhaft vor Augen. Und dann jetzt das hier – der totale Kontrast: die Bilder vom Sommer 2005, als New Orleans, die Wiege des Jazz, in den braunen Fluten versank, nachdem Hurrikan Katrina gewütet hatte.

Tausende von afro-amerikanischen Bewohnern der Stadt warteten verzweifelt darauf, aus der untergegangenen Stadt evakuiert zu werden. Doch wo waren die weißen Bewohner? Die waren längst weg, und man bekam das Gefühl nicht los, dass von offizieller Regierungsseite nicht alles unternommen wurde, um der armen schwarzen Bevölkerung aus dem Elend heraus zu helfen.

Diese Informationen bekamen Danny und Alex in New Orleans von der einheimischen Saxophonistin Jill zu hören, mit der sie sich eine Weile unterhielten: »Jungs, so ist das hier in New Orleans. Schnell sprachen meine Brüder und Schwestern davon, dass wir Schwarzen immer noch Menschen zweiter Klasse sind. Auf jeden Fall hier im Süden der USA, da sind wir ja besonders von den sklavischen Traditionen geprägt. Offiziell ist die Rassentrennung abgeschafft, seit der Bürgerrechtsbewegung in den Sechzigern, unter Führung von unserem Brother Martin Luther King. Doch in solchen Notsituationen wie jetzt hier nach Katrina, da merkt man, dass in den Köpfen der Menschen im Süden dieses alte konservative Denken immer noch vorhanden ist.«

*Aug. 2005 – Hurrikan Katrina überflutete New Orleans;
und Hurrikan Wilma im Okt. 2005 vor Yucatan*

Dazu fiel Alex was sehr Interessantes und Passendes ein: »Hör mal, Danny. Das hier hab ich mal im Internet gelesen. Ich weiß auch nicht mehr so genau, wo oder wer das geschrieben hat. Aber ist ja auch egal. Ich hab's mir damals ausgedruckt und les es dir vor: ›Diese Vorwürfe mit der Rassentrennung sind nicht neu. So sang der kanadische Sänger Neil Young sein Lied vom ›Southern Man‹, das er 1970 auf der LP ›After the Goldrush‹ veröffentlichte. Darin äußerte er sich in ziemlich deutlichen Worten zur Situation der Schwarzen, dabei Bilder aus der Vergangenheit aufgreifend wie zum Beispiel die brennenden Kreuze, das Symbol des Ku Klux Klans:

> ›Southern man, better keep your head,
> Don't forget what your good book said.
> Southern change gonna come at last,
> now your crosses are burning fast,
> Southern man‹.

Also übersetzt:

›Südstaatler, bewahr mal die Ruhe,
vergiss nicht, was deine Bibel dir sagt.
Die Veränderung im Süden wird schlussendlich kommen,
nun wo deine Kreuze schnell verbrennen,
Südstaatler‹.«

»Boah, Alex, was du immer so für Infos parat hast. Wieso hast du das denn überhaupt dabei?« fragte ihn der überraschte Danny.

»Ja, weißt du, Danny, ich hab das doch alles in mein Musik-Heftchen geklebt, wo ich auch die Daten zu Jim Morrison und den Doors drin stehen habe. Das ist so meine persönliche Kladde, Spezialgebiet Musik. Da schreibe und klebe ich immer alles mögliche für mich Interessante rein,« erklärte ihm Alex, »also jetzt weiter im Text mit der Neil Young-Story: im Jahr 1974 dann kam die musikalische Reaktion. Sie kam von der aus dem Norden Floridas stammenden Südstaatenband Lynyrd Skynyrd. ›Sweet Home Alabama‹ hieß der Song, in dem Neil Young zur persona non grata in den Süstaaten erklärt wurde:

›Well I heard Mister Young sing about her
Well, I heard ole Neil put her down
Well, I hope Neil Young will remember
A Southern man don't need him around anyhow‹

Übersetzt:

›Ich habe Mister Young über sie (Südstaaten) singen hören,
ich habe gehört, wie der alte Neil sie runtergemacht hat.
Ich hoffe, dass Neil Young nicht vergisst,
dass er in den Südstaaten gar nicht erst aufzutauchen braucht.‹

Rückblickend ist allerdings nicht ganz klar, wie ernst die ganze Geschichte gemeint war. Es heißt, Lynyrd Skynyrd und Neil Young hätten sich gegenseitig musikalisch respektiert. Ronnie van Zant, der Leadsänger von Lynyrd Skynyrd, äußerte sich einmal in einem Interview folgendermaßen:

›We wrote Alabama as a joke. We didn't even think about it – the words just came out that way. We just laughed like hell, and said ›Ain't that funny‹ … We love Neil Young, we love his music …‹ (›Wir schrieben ›Alabama‹ als Witz. Wir haben nicht einmal darüber nachgedacht – die Worte kamen gerade so. Wir lachten nur wie die Hölle, und sagten: ›ist das nicht komisch‹ … Wir lieben Neil Young, wir lieben seine Musik.‹).

Ronnie van Zant lief sogar oft im Neil-Young-T-Shirt durch die Gegend. Ironie oder ernst gemeint?

Was sagst du dazu, Danny?«

»Oj – oj – oj, der Neil Young. Ich dachte immer, der wär so'n Netten ….!? Na ja, auf jeden Fall scheinen sich ja Lynyrd Skynyrd und Neil Young wieder vertragen zu haben …!?«

Aber Neil Young hin oder Lynyrd Skynyrd her, eigentlich wollten doch Danny und Alex wieder nach Hause in ihre Jetztzeit. Deshalb stellten sie dieses Mal die Zeitmaschine Richtung Osten auf und hofften, auch mal wieder dort hinzukommen …

Los ging's und …

Ssssssssssssssssssshhhhhhhhhhhhhhhhhhhhhh …..

Aber so einfach wollte es ihre ›antike‹ Zeitmaschine ihnen doch nicht machen. Nachdem Danny seinem Reise-Kumpanen Alex den allbekannten Befehl zugerufen hatte:

»ZEITMASCHINE – STOPP!«,

sie danach langsamer und langsamer wurden und zur Landung ansetzten, war's schon wieder total heiß und schwül geworden. Es gab auch ein paar Palmen, aber eher sturmzerfetzte Exemplare und wieder jede Menge Wasser, aufgewühltes tosendes Meerwasser …

Denn sie landeten nicht etwa – wie erhofft – in Europa, sondern in der Karibik, gar nicht mal so weit von New Orleans entfernt, und auch nur ein paar Monate später. Und – oh Schreck -, wieder mitten in einer Naturkatastrophe. Dort kam es nämlich am 21. Oktober 2005 auf der mexikanischen Halbinsel Yucatán durch den Hurrikan Wilma zu vernichtenden Schäden. In vielen Ortschaften wurde der Notstand ausgerufen. Der Hurrikan entwurzelte Bäume, zerstörte Häuser und überflutete Straßen. Wilma hatte drei Tage lang schwere Schäden angerichtet. Auf der vorgelagerten Insel Cozumel wurde von 4 Toten berichtet, 2 Menschen starben bei einer Gasexplosion, die in Playa del Carmen durch die heftigen Winde ausgelöst wurde. Nach weiteren Berichten sollten mindestens 4 weitere Todesopfer in Mexiko zu beklagen sein. Dazu starben in Haiti 12 Menschen bei einem Erdrutsch, in Jamaika kostete der Hurrikan ein weiteres Menschenleben.

Der Hurrikan Wilma im Oktober 2005 war der 21. benannte Sturm und der zwölfte Hurrikan in der atlantischen Hurrikansaison des Jahres 2005. Damit wurden die bisher bestehenden Rekorde aus den Jahren 1933 (21 Stürme) und 1969 (12 Hurrikane) eingestellt. Außerdem gab es erstmals seit Beginn der Aufzeichnungen im Jahr 1851 vier Hurrikane der Kategorie 5 in einer Saison, nur in den Jahren 1960 und 1961 traten bis dahin zwei Wirbelstürme der höchsten Kategorie auf. Obendrein war Hurrikan Wilma der stärkste Wirbelsturm, der bis dato im Atlantik registriert wurde.

»Mensch, Danny, das wird ja immer schlimmer …!« beschwerte sich Alex, »wann hört der Wahnsinn endlich auf …!? Erst ein Tsunami, dann Katrina und jetzt Wilma …: ist denn unsere Welt schon aus dem Ruder gelaufen …!?«

»Ja, Alex, das ist ein Schock für mich hier, diese Zerstörung zu sehen. Was ist wohl aus all den sanften Mayas im mexikanischen Yucatan geworden, die ich während meiner großen Amerikareise 1978/79 erleben durfte?«

»Wie also, Danny …?«, hakte Alex nach, »hier warst du auch schon …!?«

»Jop, Compadre Alex, das war, als wir nach unserer zweimonatigen Reise durch Mexiko von 1978 nach 1979 in der Karibik überwintern wollten. Wir, also meine damalige Freundin Tina, Compadre Matthes und ich, verlebten hier am Ende unserer Mexiko-Reise die schönste Zeit überhaupt: bei den Mayas auf der Halbinsel Yucatan. Dort speziell gefiel es uns besonders gut auf der mexikanischen Karibikinsel Isla Mujeres, wo wir zwei schöne relaxte Wochen verbrachten. Diese endeten allerdings bei Matthes und mir mit einer Salmonellenvergiftung, so dass wir deshalb sogar im Militärkrankenhaus behandelt werden mussten. Darum fiel es uns dann doch leichter, Mexiko zu verlassen, um danach die karibischen Inseln zu erforschen, wo wir eh gerne bis zum deutschen Frühling überwintern wollten. Kaum einigermaßen gesund, wurde es Zeit für uns, weiter zu reisen, denn die Inselwelt der Karibik lockte.«

Und dann zerstörte ein viertel Jahrhundert nach Dannys Mexiko- und Karibik-Reise der Wirbelsturm ›Wilma‹ 2005 die Küstenregionen um Cancun, Cozumel und der Isla Mujeres …

»Ja, Mann, Danny. Hier soll also die Karibik sein …!? Da müssten doch auch Jamaika, Bob Marley und die Reggae-Musik nicht weit sein …!?«

»Nee, hier auf der Halbinsel ist noch mexikanisches Festland, aber da draußen …«, dabei zeigte Danny mit ausgestrecktem Arm Richtung Osten, »da draußen etwa liegt Jamaika, nur runde 1000 km von hier. Aber Bob Marley ist schon lange tot, seit Mai 1981.«

»Ach so? Wenn Bob Marley nicht mehr lebt und in Jamaika auch der Hurrikan getobt hat … Ach nee, Danny, ich möchte hier nicht bleiben – inmitten von herum schwimmenden Hausdächern und Autos, zerfetzten Palmen und Zerstörung durch den Hurrikan. Mir reicht das jetzt an Naturkatastrophe. Lass uns abhauen. Ich will nach Hause.«

»Okay, Alex, dann auf ins heimische Europa, let's go East …«

Die beiden sprangen rein in die Zeitmaschine, und ab ging die Post.

Ssssssssssssssssssshhhhhhhhhhhhhhhhhhhhhhh …

Ochtrup 2005

Ssssssssssssssssssssssshhhhhhhhhhhhhhhhhhhhhhh …

Die Zeitmaschine sauste los, bis Danny seinem Gefährten Alex zurief:

»ZEITMASCHINE – STOPP!«

Als sie danach langsam zur Landung ansetzten, war es überhaupt nicht warm. So hatten sie es sich auch erhofft. Statt sturmgepeitschter Palmen und rauem Hurrikan-Meer gab es viel Ruhe, endlose weiße Ruhe und jede Menge Schnee …

Sie waren zwar zurück in Europa, sogar in Deutschland, angekommen. Aber es hatte sie ganz dicke getroffen, denn ihre Landung erfolgte in Ochtrup, im Jahr 2005.

Zwischen dem 25. und dem 30. November 2005 war die Stadt mehrere Tage komplett, später teilweise ohne Strom und geriet dadurch bundesweit in die Schlagzeilen. Auslöser des Stromausfalls war ein massiver Wintereinbruch, bei dem die Hochspannungsleitungen zwischen Gronau und Ochtrup infolge von starkem Schneefall und Winden übermäßig vereisten. Durch das Gewicht hingen die Leitungen bis auf wenige Meter über dem Boden. Dutzende von Strommasten knickten um. Notstromaggregate aus dem gesamten Bundesgebiet wurden von hunderten freiwilligen Helfern rund um die Uhr betrieben. Trotzdem kam es – vor allem in der tierhaltenden Landwirtschaft, sowie durch Produktionsausfall in anderen gewerblichen Betrieben – zu enormen finanziellen Schäden.

Als Alex und Danny am 25. November in diesem Schneechaos landeten, waren dort über 50 cm extrem nassen Schnees gefallen, der durch seine Nässe gleichzeitig sehr schwer war und gut haftete.

»Pass auf, Alex«, schrie ihm Danny zu, der gerade beobachtete, wie ein dicker Ast über ihnen abbrach. Denn die ungewöhnlich große Menge klebrigen Schnees führte bei vielen Bäumen und Sträuchern zu Schneebruch. Neben den immergrünen Pflanzen waren besonders die Eichen betroffen, weil sie zu der Zeit zum größten Teil noch voll belaubt waren. Die beiden beobachteten, wie Baumkronen zu Boden fielen, und auch ganze Baumstämme zerbrachen. Sie sahen auch öfters dünne Bäume, die bis zum Boden gebogen waren. Diese konnten sich später nicht wieder vollständig aufrichten, so dass sie noch nach Jahren Zeugen des Ereignisses waren.

»Puuuh, noch mal gut gegangen …«, freute sich der zur Seite hüpfende Alex. Er schüttelte sich den nassen Schnee von seiner Kleidung, der ihn von dem neben ihm herabstürzenden Ast überzogen hatte.

Danny erinnerte sich: »Dramatisch war auch die Lage der Bauern und Industriebetriebe, denn ihr Strombedarf war immens. Im Münsterland gab es mehr als 12.000 landwirtschaftliche Betriebe. Ohne Elektrizität wurden die Ställe nicht belüftet und automatische Fütterungsanlagen standen still. Kein Strom bedeutete, dass keine Melkmaschinen arbeiten konnten, es gab keine

Wärme für Kälber und Ferkel und auch kein Licht. Außerdem fehlte Strom, um Wasser aus den Brunnen zu pumpen. Bei längerem Stromausfall waren deshalb Existenzen bedroht.«

*Nov. 2005 – Münsterländer Schneechaos bei Ochtrup
– Blizzard auf westfälisch –*

Aber am schlimmsten ging es dem armen unschuldigen Vieh, wie die beiden Zeitreisenden durch Bauer Hermann Huckriede erfuhren.

Auf dessen Wiese waren sie notgelandet. Sie hörten schon sofort bei ihrer Ankunft das klägliche Muhen der verzweifelten Kühe. Die 120 Milchkühe von Bauer Huckriede mussten eigentlich dringend gemolken werden. Per Hand war das unmöglich zu schaffen. Die prallen Euter bereiteten den Kühen immer mehr Schmerzen und es drohten Entzündungen. Seine Kälber brauchten dringend Wärme und warmes Wasser.

»Jongs, bleevt ihr mal hier, unn passt op datt Viech«, bat er Alex und Danny. Damit machte er sich auf den Weg. Er wollte versuchen, im nahen Holland ein Notstromaggregat zu bekommen.

Hermann Huckriede hatte sie zwar kurz in die Geheimnisse des Euter-Melkens eingewiesen, aber im Schnelldurchgang ließ sich das wohl doch nicht so optimal wie eigentlich notwendig lernen. Alex und Danny versuchten stattdessen, die Kühe durch gutes Zureden und Streicheln zu beruhigen, was aber ein eher vergebliches Unterfangen war. Der Bauer kam nach Stunden mit einem Generator zurück. Die armen Kälber bekamen dann im frostigen Stall endlich wieder warmes Wasser und Milch, und Wärmelampen halfen den Jungtieren, die kalte Nacht zu überleben. Und die immer jämmerlicher muhenden Kühe wurden endlich durch die Melkmaschine von ihrer schweren Milch-Last befreit.

Während der Abwesenheit von Bauer Huckriede beobachtete Danny die beiden Hof-Kater, den grau getigerten Kalle und den schwarz gestromten Manni. Die beiden waren eigentlich Freigänger. Sie konnten also jederzeit nach draußen. Normalerweise nutzten sie das auch regelmäßig, wie Hermann Huckriede ihm hinterher erzählte. Aber in dieser Zeit waren die beiden Fellnasen freiwillig aufs Katzenklo gegangen, was sie sonst nur in Ausnahmefällen taten. Der Schnee war ihnen einfach zu hoch. Sie konnten draußen nicht mehr rumlaufen, weil sie tief im Schnee eingesunken wären, der sie womöglich auch noch verschüttet hätte.

Noch Wochen und Monate später nach dem Schneechaos stritten sich in den Medien der zuständige Energieversorger RWE und unabhängige Fachleute darüber, ob die ausschließlich oberirdisch angelegte Stromversorgung Ochtrups in den Vorjahren angemessen gewartet worden war. RWE schloss jede Haftung aus, richtete aber einen Hilfsfonds über fünf Millionen Euro für die betroffene Region ein. Bundesweite Medien bezeichneten diesen Vorfall als Münsterländer Schneechaos beziehungsweise den ›folgenschwersten Stromausfall der Nachkriegsgeschichte‹.

Bauer Huckriede dankte Alex und Danny für ihre Hilfe und lud sie ein, noch länger auf seinem Hof zu bleiben. Die beiden waren ja nur dünn bekleidet in Ochtrup angekommen und froren daher anfänglich wie die Schneider. Erst gab ihnen Bauer Huckriede alte abgelegte Arbeits-Kleidung von ehemaligen Stallburschen. Und dann durften sie sich in der Nacht ins Stroh neben die Kühe legen. Das wärmte wenigstens etwas. Aber sie wollten dann seine Gastfreundschaft doch nicht länger in Anspruch nehmen.

In der Nacht zum 26. November ließ der Schneefall endlich etwas nach. Erst ab Mittag hörten die Schneefälle ganz auf, sodass sie auch ihre Zeitmaschine wieder starten konnten, die sie dazu aber erst mal vom Schnee frei schaufeln mussten. Glücklicherweise hatte Bauer Huckriede ihnen eine alte Kunststoff-Plane geliehen, mit der sie die offene Maschine abgedeckt hatten. Denn sonst wären die Sitze, Armaturen und Motoren voller Schnee und alles nass gewesen …

»Nee-nee, so hatte ich mir das nicht vorgestellt«, mäkelte Alex an der überraschenden Wirklichkeit herum, »nein wirklich, ich will wieder nach Hause, nach Griechenland, da ist es wenigstens schön warm …!«

»Okay, Alex, dann auf zum heimischen Mittelmeer, let's go South …«

Die beiden hüpften mit frischem Mut und erwartungsfroh in die Zeitmaschine, und ab ging's.

Ssssssssssssssssssssssssshhhhhhhhhhhhhhhhhhhhhhh …

Taifune, Zyklone und Erdrutsche in Südost-Asien

Ssssssssssssssssssssssssshhhhhhhhhhhhhhhhhhhhhhh …

Die Zeitmaschine düste in Richtung Süden, bis Danny schrie:

»ZEITMASCHINE – STOPP!«

Als sie langsamer wurden und zur Landung ansetzten, zeigte das Jahreszahlen-Rädchen ›Dezember 2006‹. Und es war tatsächlich – wie gewünscht – viel wärmer, es gab auch wieder jede Menge Meerwasser …

… aber nach Mittelmeer und Griechenland sah das überhaupt nicht aus.

»O je, Alex, ich glaub, ich weiß wo wir sind …!? Die ganzen vielen kleinen und großen Inseln hier. Das sieht aus wie die Philippinen. Denn da war ich schon mal 1999, und zwar auf der Insel Palawan. Die war ja auch ziemlich naturbelassen. Und wenn ich mir hier die Regengüsse, Überschwemmungen und Erdrutsche anschaue, dann erinnert mich das total daran …!«

»Also wirklich, Danny, es scheint ja auf unserer Reise nichts zu geben, wo du nicht schon mal warst …!? Na gut, dann erzähl mal …«

»Also, am Anfang klappte da noch alles wunderbar: wir hatten uns schon mit der ›Filipino Time‹ arrangiert, das hieß meistens stundenlange Verspätung. Raus aus der Hauptstadt Puerto Princesa ging's mit einem ›Van‹. Kurze Zeit später befanden wir uns bereits auf einer rumpeligen schlaglochübersäten Schotterpiste, der wir 4 ½ Stunden lang folgten. Und das war die Straße Nr.1 auf Palawan. Die war so schlecht, wie früher bei uns in Deutschland die unasphaltierten Feldwege waren, als noch Pferdewagen durch die Lande zogen. Das zog sich und rumpelte Mensch und Maschine durcheinander. Plötzlich verstanden wir auch den hohen Preis für diesen ›Extra-Ride‹, denn nach 2 – 3 Jahren auf diesen ›Straßen‹ waren die Autos hier wohl einfach hinüber. Aber wir lernten dafür ganz tolle und glückliche Menschen in Port Barton kennen. Bloß als wir wieder zurück wollten, da kam uns ein Erdrutsch dazwischen. Erst kam der große Regen: vier Tage lang fielen über Port Barton fast ununterbrochen üppige tropische Regenfälle. Das Palmdach unseres Bungalows wurde undicht; und es regnete rein. Das Dach wurde zwar schnell geflickt, aber alles war irgendwie klamm: Kleidung, Betten, einfach alles. Wir starrten in die verhangene Tropenwelt und träumten abends bei Kerzenlicht von trockenen Vergnügungen. Der Strom war für Stunden ausgefallen. Und weil das Wasser in Massen von oben kam, wurde überraschend die Wasserversorgung oberhalb des Ortes abgestellt, damit das Trinkwasser dort nicht verschlammte.«

»Mannomann, Danny«, unterbrach ihn Alex, »da habt ihr ja was erlebt? Und was war denn jetzt mit eurem Erdrutsch?«

»Ja, der Erdrutsch, der hätte fast unsere Rückreise verhindert. Als wir am besagten Erdrutsch in den Bergen vor Port Barton ankamen, erlebten wir ›das wilde Palawan pur‹. Der ›Landslide‹, so heißt der Erdrutsch dort, war so groß, dass wir das vorher angemietete Auto gar nicht sahen. Statt nur ein paar Meter weiter befand sich das Fahrzeug für uns unsichtbar hinter einer Kurve, ca. 50 m weit entfernt. Dazwischen dümpelte eine etwa acht Meter breite Matsch-Lawine in erdfarbigen Ockertönen, die links vom Abhang kam, ein mit Steinen vermengter glitschiger Mahlstrom, der dann auf der anderen Straßenseite weiter den Abhang runterfloss. Und da mussten wir durch: wir versanken bis zum Schritt in der Matsche. Dort verlor ich auch einen Meter tief im Schlamm eine meiner Gummisandalen. Da der Dauerregen immer noch anhielt, trug ich unter meinem aufgespannten Regenschirm die wertvolle Fotoausrüstung meiner jetzigen Frau Moni und unsere Rucksäcke mit den Wertsachen, so dass ich auch überhaupt keine Hand frei gehabt hätte, irgendwas aus dem Matsch wieder raus zu ziehen. Moni krabbelte mutig wie ein Wasserläufer auf allen Vieren über die Schlammlawine, um sich leichter zu machen und nicht auszurutschen. Der gewiefte Fahrer, der uns in diese Bredouille gebracht hatte, schaffte nach und nach unsere beiden Kofferrucksäcke über den Erdrutsch. Alle waren wir heilfroh, lebendig durch diesen ›Landslide‹ gekommen zu sein, zumal bei unserem unfreiwilligen ›Moorbad‹ immer wieder Steine und Geröll den Abhang runter kamen. Schließlich quotschten wir alle Vier barfuss durch Schlamm und Geröll und waren danach total verschmutzt, aber glücklich, das Abenteuer lebend überstanden zu haben. Danach wuschen wir uns in einer Pfütze am Straßenrand den lehmgelben Dreck von den Beinen und hofften, dass sich keine Hakenwürmer in unsere Füße gebohrt hatten. Moni hatte sich einen Zeh verstaucht, einen Zehnagel durchgebrochen und Striemen an den Beinen. Ich hatte diverse Hautabschürfungen an den Knöcheln und Beinen davon getragen. Aber insgesamt waren wir froh, dass wir dieses ›adventure‹ zusammen mit einem anderen Paar erlebten. Jürgen und Mala haben uns dabei Mut gemacht.«

»Boah, das hört sich ja schlimm an, Danny!«

»Ja, war es auch, aber es kam noch dicker. Als wir dann nämlich bei San Jose auf die Inselhauptstraße kamen und dachten: ›So, jetzt haben wir das Schlimmste geschafft!‹, wurden wir rasch eines Besseren belehrt, denn die eigentliche ›Camel-Trophy-Tour‹ begann dort erst. Eigentlich wurde die Straße gerade neu gemacht, weil es um diese Jahreszeit dort normalerweise nicht solche Regenfälle gibt. Es war ja Trockenzeit. Sie sollte endlich mal asphaltiert werden. Erstmal war es aber nur neu aufgeschütteter Sand, der sich in eine kilometerlange Schlammstrecke verwandelt hatte. Reihenweise verreckten dort an einer Steigung die Jeepneys und anderen LKWs. Wir kamen dort auch nicht durch, obwohl unser Wagen mit Vierradantrieb das sicherlich geschafft hätte, aber andere altersschwache Jeepneys standen dort kreuz die quer einfach im Weg. In beiden Fahrtrichtungen steckten dort Dutzende Autos, Busse, Jeepneys und LKWs wartend im Schlamm. Auch ein deutscher Motorradfahrer mit einer Geländemaschine versuchte es vergeblich. Er gab auf, ließ sein Motorrad liegen und ging zu Fuß zurück nach Roxas, einem nahe gelegenen Ort.

Schließlich mussten vor unseren Augen zwei Bulldozer eine neue ›Straße‹ über den Schlammhügel ›bauen‹. Erst drückten sie mit den schweren Schaufeln den Schlamm zur Seite, bauten sich dann eine Hohlgasse und zogen danach jedes der festsitzenden Fahrzeuge mit starken Metallketten einzeln aus dem Schlamm. Einen Jeepney sahen wir auf ›halb acht‹ schräg in den Schlamm abgerutscht. Ständig kamen und gingen Leute an uns vorbei, stacksten durch den Regen; und ich redete mit einem philippinischer Soldaten, der uns noch ca. drei Stunden Wartezeit gab, bis wir dort raus kämen. Dieses Wühlen im Urschlamm weckte archaische Gefühle in uns. Solidarität mit den Menschen dort, die so etwas öfters erleben müssen. Das stundenlange Warten ließ uns Geduld in die schicksalhafte Situation üben. Da scherte es auch Moni wenig, sich zum Pinkeln einfach neben das Hinterrad unseres Wagens zu kauern, gab es doch weit und breit keine Büsche, Häuser oder gar Toiletten.

Erdrutsche auf den Philippinen

Aber dann fasste sich unser ›Driver‹ Eddi durch unser Zureden ein Herz, gab Gas und setzte sich bei immer noch strömenden Regen an die Spitze der Wagenkolonne. Er erklomm locker mit seinem Vierrad-Antrieb den schlammigen Hügel und schaffte es mit Geschick, viel Mühen und Schlingern durch die neue ›Straße‹, wobei er bis zu den Achsen im Schlamm fuhr. Der Wagen drohte dabei mehrmals umzukippen. Eddi sah zum Schluss kaum noch was, weil der Scheibenwischer nur noch den Schlamm auf der Frontscheibe verteilte. Schließlich schlingerte er auf der anderen Seite den Schlammberg wieder runter. Für seine Leistung bekam er dann auch prasselnden Applaus von uns Vieren.«

»Gratuliere, Danny, noch mal gut gegangen! Da habt ihr ja noch ganz schön Glück gehabt.«

»Ja, Alex, da hast du recht. Und eigentlich war das damals auf Palawan in der Nähe von Port Barton nur ein kleiner Erdrutsch. Aber das jetzt hier sieht viel schlimmer aus. Denn die philippinische Natur kam auch später nicht zur Ruhe. Bei einem Erdrutsch heuer 2006 gab es allein im Dorf Guinsaugan auf der Insel Leyte mehr als 1000 Tote und schau, Alex, hier auf der gesamten Insel Leyte gibt es möglicherweise 2.000 Tote in diesem Jahr, wird vermutet. Die Insel gehört geographisch zu der zentral gelegenen Visaya-Gruppe. Damit du weißt, wo wir uns hier ungefähr im philippinischen Archipel befinden: im Südwesten liegt die Insel Bohol und im Westen die Insel Cebu. Nachdem es auf der Insel Leyte rund zwei Wochen ohne Unterbrechung geregnet hatte, kam es vergangenen Freitag zu einem gewaltigen Bergrutsch, der 500 Häuser des Dorfes Guinsaugan im Süden von Leyte unter sich begrub. Zwei weitere Dörfer wurden teilweise zerstört. Bisher wurden über 100 Tote und nur 50 Überlebende geborgen. 928 Personen werden konkret vermisst. Die Regierung rechnet mit etwa 1.800 Verschütteten und befürchtet, dass das ganze Gebiet zu einem riesigen Massengrab wird. Ist also kein gutes Jahr, in dem wir uns hier befinden.«

»Woher weißt du das alles, Danny?«

»Ja, vorhin, als du mal kurz in die Büsche gegangen bist, da habe ich hier in dem Küstenort eine Philippina namens Flora getroffen, die hat mir davon berichtet.«

»Aha, da habt ihr aber schnell Freundschaft geschlossen, was …!?« meinte Alex mit einem Grinsen.

»Nee, Alex, das war anders. Die Flora, die kannte ich schon aus Port Barton, Palawan, von 1999. Die war die Ehefrau des Schweizers Martin von der Bungalow-Anlage ›Swissippini‹, in der wir gewohnt haben. Aber die beiden hatten da schon Stress miteinander, und sie wollte sich von ihm scheiden lassen. Das hat sie auch inzwischen getan und ist hierhin nach Leyte gezogen. Es war mehr so ein Riesenzufall, dass ich die hier vor Josie's Restaurant El Busero wieder getroffen habe …«

»Da fällt mir ein, ich hab einen Riesen-Hunger. Hier soll's doch so lecker Fisch-Gerichte geben …?«

»Okay, Alex, dann komm mal mit ins El Busero. Da lernst du dann ja auch die Flora kennen.«

Sie wurden dort tatsächlich von Flora, der hübschen Philippina, bedient. Sie begrüßte Danny mit einer herzlichen Umarmung wie einen alten Freund und duftete dabei exotisch und aufregend nach Bergamotte und Limonen. Die beiden Zeitreisenden aßen mit sichtbarem Appetit ein zwar einfaches, aber delikates Fischgericht, Makrelenscheiben in Curry-Sauce mit Kokosnussmilch. Das leckere, aber scharfe Essen schmeckte köstlich. Und die darin enthaltenen Inhaltsstoffe der Peperoni töteten gleichzeitig jede vorhandene schädliche Bakterie in ihrem Körper ab.

Flora war sichtlich angetan von Alex, der sie gleich mit einem flotten Doors-Vers umgarnte:

»Hello, I love you
Won't you tell me your name?
Hello, I love you
Let me jump in your game"

- – – – -

(*»Hallo, ich liebe dich*
Willst du mir deinen Namen sagen?
Hallo, ich liebe dich
Lass mich in dein Spiel springen«)

Sie sprang sofort darauf an, während Alex sie mit seinen Augen verschlang. Die schlanke anmutige Flora sah aber auch toll aus, ein ›eurasischer Traum‹: sie hatte nämlich nicht Schlitzaugen wie Chinesinnen oder Thai-Frauen, sondern Mandelaugen, braune Haut, und sie war katholisch. Und Alex, der stattliche athletische Grieche, war natürlich für die junge Flora ein ›gefundenes Fressen‹. Denn sonst haben die philippinischen Frauen ja eher nur die Auswahl zwischen kleinen zierlichen Philippinos oder großen aufgeschwemmten und blassen Langnasen aus Europa. Auch Alex fuhr auf Floras Duftnote von Zitrus-Früchten total ab: dieser Wohlgeruch aus Süße und Frische öffnete sein hellenisches Herz. Hier schien sich mal wieder eine kleine Love-Story für Alex anzubahnen. Denn er hatte sich offensichtlich in Flora verguckt. Und die machte ihm ebenfalls den ganzen Abend schöne Augen. Ein klassischer Fall von ›Liebe auf den ersten Blick‹. So wunderte es Danny gar nicht, dass er die Nacht allein im Schutze der Zeitmaschine verbrachte. Alex hatte Besseres zu tun …

Aber auf den Philippinen wurde es mit den Unwettern eher schlimmer. Und Anfang Dezember 2006 gab es am Fuße des Mayon-Vulkan auf der Hauptinsel Luzon schon wieder über 700 Tote. Der Taifun ›Durian‹ weichte dabei die Hänge des Vulkans Mayon auf. Und dann rutschte das Geröll zu Tal. Der Tod kam mit einem mörderischen Rauschen. O je, o je …!

Und dann – das wussten die beiden Zeitreisenden 2006 ja noch gar nicht – gab es zwei Jahre später auch noch den Zyklon Nargis. Der Sturm bildete sich am 27. April 2008 im Golf von Bengalen und drehte in östliche Richtung nach Myanmar, dem früheren Burma. In fünf Regionen Myanmars wurde der Notstand ausgerufen, darunter auch in der Millionenstadt und früheren Hauptstadt Rangun, die direkt in der Zugbahn des Zyklons lag. Der Zyklon zerstörte tausende Häuser, die Anzahl der Opfer wurde mit mindestens 84.500 angegeben, von einigen Stellen wurde sie auf mehr als 100.000 geschätzt. Nargis wird als einer der folgenschwersten tropischen Wirbelstürme in der Geschichte der Wetteraufzeichnungen bezeichnet.

Auch weiter südöstlich der Philippinen ging es zur Sache. Am 3. März 2012 gab es riesige Überschwemmungen in Südost-Australien, und zwar genau in New South Wales. Und Sydney verzeichnete in selben Jahr 2012 einen der regenreichsten Sommer der vergangenen Jahrzehnte.

Na, jedenfalls nach den ersten stürmischen Wochen der überraschenden

Tropenliebe zwischen Alex und Flora flaute die erotische Begeisterung bei dem heißblütigen Griechen etwas ab. Die beiden Zeitreisenden blieben über 3 Wochen auf den Philippinen. Das war der längste Aufenthalt der beiden irgendwo auf der Welt, seit sie mit der Zeitmaschine unterwegs waren. Und das bei diesen unwirtlichen klimatischen Verhältnissen, inmitten eines Tropen-Taifuns. Das wäre ja normalerweise eher ein Grund, das Weite zu suchen. Nur Floras Reize hielten Alex überhaupt hier für fast einen Monat fest. Aber die Unannehmlichkeiten eines Lebens in den Tropen während der feucht-schwülen Taifun-Saison mit Schimmel und Dauernässe nahmen dem Hellenen die Lebensfreude.

Er sehnte sich nach trockener ägäischer Hitze. So stand er eines Morgens vor Dannys einsamer und provisorischer Bettstatt, die der sich direkt neben der Zeitmaschine als ein mit einem Segel überdachtes Stelzen-Gestell aus Bambus gebastelt hatte, worin eine einfache Strohmatratze lag.

Alex gestand ihm: »Hör mal, Danny, ich muss mal was mit dir besprechen. Nee, ehrlich, glaub mir, das ist doch nichts für mich. Trotz der tollen Frau Flora, lass uns wieder von hier verschwinden. Ich will lieber nach Hause, ins trockene Europa.«

»Okay, Alex, dann auf nach Westen, ab ins heimische Europa, let's go West …«

Nachdem sich die beiden mit letzten liebevollen Umarmungen von der traurigen Flora verabschiedet hatten, sprangen sie eilig in ihre Zeitmaschine, und suchten das Weite.

Ssssssssssssssssssssssssssssshhhhhhhhhhhhhhhhhhhhhhh …

Kyrill 2007

Ssssssssssssssssssssssssssssshhhhhhhhhhhhhhhhhhhhhhh …

Die Zeitmaschine wuschte hinweg vom südostasiatischen Archipel der Philippinen wie auf schwül-heißen Wattebäuschchen Richtung Westen.

Danny meinte erleichtert: »Ach, was würde ich dafür geben, mal wieder schön mit Freunden durch einen deutschen Wald zu wandern, an einem klaren kalten Wintertag mit sauberer frischer Luft …!?!«

»Ja, Danny, da hast du recht. Auf den Philippinen war es zwar sehr heiß, wie ich es eigentlich liebe, aber zuviel ist zuviel. So normal und echt – einfach nur warm, das wäre schön, aber diese feuchte Schwüle, boah eh. Flora hin oder her. Also, ich bin dabei, bei der Wanderung durch deutsche Wälder …!«

Die Zeitmaschine fegte wie ein Jet-Flugzeug über die Ozeane und Kontinente, über Asien und Europa. Bis Danny kurz nach der Alpen-Überquerung durch das laute Fahrgeräusch seinem Reisegefährten Alex zubrüllte:

»ZEITMASCHINE – STOPP!«

Als sie langsam zur Landung ansetzten, war es glücklicherweise nicht mehr heiß und schwül. Sie hatten die Welt der Taifune, Zyklone und Erdrutsche in Südost-Asien für immer verlassen, die armen leidgeprüften Menschen dort, und auch die sturmgepeitschten Palmen und tosenden Taifun-Meere. Sie waren wirklich zurück in Europa, sogar in Deutschland, angekommen. Ihr Zeiträdchen zeigte den ›20.01.2007‹ an. Danny schien es, als wäre das womöglich sogar das Sauerland.

»Was ist denn hier passiert …!? Hier muss ja ein furchtbarer Sturm getobt haben,« dachte er erschrocken.

Das Ergebnis waren endlose Schneisen von Orkanschäden in den Wäldern. Mit Windgeschwindigkeiten von bis zu 225 Kilometern pro Stunde war nämlich der Orkan ›Kyrill‹ zwei Tage vorher, am 18.01.2007, über weite Teile Europas hinweg gefegt.

Es wurde berichtet, dass der Orkan in ganz Europa 47 Todesopfer forderte, davon allein 13 Menschen in Deutschland.

»Nee-nee, Alex, sogar alle Züge standen still. Das ist äußerst ungewöhnlich für ein solch hoch zivilisiertes Land wie dem unsrigem …!« Der Grund waren Bäume, die auch noch nach dem Sturm auf Straßen und Schienen stürzten und so den Verkehr behinderten.

»Mensch, Danny, schau dir das an: selbst solche starken Fichtenstämme hat der Orkan einfach umgeknickt. Oder hier diese alte knorrige Eiche – wie nix entwurzelt!«

In den waldreichen Regionen von Sauer- und Siegerland hatte Kyrill ganze Bergkuppen regelrecht blank gefegt, teilweise spielte der Orkan Mikado mit den Waldbeständen. Gespenstische Eindrücke boten sich einem an Stellen, wo man sonst nur Wald-Wald-Wald gesehen hatte. Plötzlich schwankten dort nur noch wenige Bäume einsam im Wind.

Die beiden Zeitreisenden setzen sich erschöpft auf eine hölzerne Rastbank und staunten über kilometerweite Ausblicke, die ihnen Kyrill durch systematisches Umknicken der Nadelholz-Wälder beschert hatte. Vorher war diese Bank eine Ruhestelle für Wanderer inmitten schattiger Waldwege gewesen. Jetzt stand sie frei, und sie hatten Fernsicht bis zu den nächsten, ebenfalls entholzten, Berghängen.

»Da das Wetter weltweit Anomalien zeigt und ein Rekord den nächsten jagt, frage ich mich langsam,« überlegte Danny laut, »ob das völlig verrückt spielende Wetter mit solchen Orkanen wie hier Kyrill oder dem Hurrikan Katrina in New Orleans nicht eine Folge der globalen Klima-Katastrophe ist …?«

Während er weiter grübelte, schweifte sein Blick ziellos über die frei gemähte Landschaft. Bis er auf einmal beim metallenen Papierkorb neben der Bank haften blieb. Darin zog eine abgelegte Zeitung seinen Blick auf sich. Er griff zu, und es entpuppte sich als eine Westfälische Rundschau vom 20.01.2007.

»Schau mal, Alex, hier steht was zu Kyrill,« las Danny gespannt vor, »ein Prof. Jürgen Jensen vom Forschungs-Institut ›Wasser und Umwelt‹ der Uni Siegen schreibt hier von einer Häufung der Extreme. Wahrscheinlich hätten durch vom Menschen verursachte Klima-Veränderungen dazu beitragen.«[**]

»Joh-joh-joh, wenn man überlegt, was wir alles in der letzten Zeit so erlebt haben,« erinnerte sich Alex, »da kann man echt von ›Häufung der Extreme‹ sprechen!«

»Jetzt kommt es, hör mal, Alex, das ist interessant,« fuhr Danny fort, »der Prof. meint also, dass sich der Meeresspiegel seit der letzten Eiszeit stetig erhöht hat – um 10 bis 20 Zentimeter pro Jahrhundert. Wenn die Temperatur wegen der freigesetzten Treibhausgase steigt, erwärmen sich die Ozeane. Das klingt zwar einerseits nach ferner Zukunft, tatsächlich dürften aber unsere Kinder und Enkel diese Entwicklung bereits miterleben. Am Ende des 21. Jahrhunderts sind Fluten denkbar, die ganze Küstenstriche und Inseln verwüsten. Dramatische Deichbrüche zwischen Schleswig-Holstein und Holland werden dann zu befürchten sein. Inseln wie Föhr, Amrum, Norderney und Borkum wären in Gefahr; und Hamburg wäre dann auch nicht mehr annähernd sicher. Noch mehr Respekt haben allerdings unsere Nachbarn in den Niederlanden vor den Mega-Fluten. Dort hat man bereits Rückzug-Strategien entwickelt und Flächen benannt, die ganz dem Meer überlassen würden.«[**]

Alex schockte das alles sehr: »Also nee, Danny, deswegen sind wir hier nicht hin geflogen. Mann eh, wie sieht das denn hier eigentlich aus …!?! Das Sauerland hab ich mir ehrlich anders vorgestellt: mehr Bäume und richtige Wälder. Aber hier sind ja nur zerfetzte und zersplitterte Bäume, soweit das Auge reicht – durch die Zerstörung von Kyrill.

Mann-Mann-Mann, und ich dachte, wir machen hier nen schönen Waldspaziergang …!? Die Lust dazu ist mir bei diesem traurigen Anblick jetzt aber

---

[**] aus: Westfälische Rundschau vom 20.01.2007

vergangen. Nee-nee, lass uns abhauen. Ich bring dich jetzt schnell noch nach Hause. Hagen liegt ja hier um die Ecke.«
»Okay, Alex, dann auf ins heimische Nest, let's go home …«

Die beiden setzten sich in die Zeitmaschine, und ab ging's.

Ssssssssssssssssssssshhhhhhhhhhhhhhhhhhhhhhh …

Tornados in den USA

Ssssssssssssssssssssssssshhhhhhhhhhhhhhhhhhhhhhh …

Die Zeitmaschine zischte los. Und als Danny ›2012‹ auf dem Zeiträdchen der Armaturen las, schrie er plötzlich seinem Reise-Kumpanen Alex zu:

»ZEITMASCHINE – STOPP!«

Als sie langsamer wurden und zur Landung ansetzten, waren sie der Jetztzeit mit ›2012‹ schon ein ganzes Stückchen näher gekommen. Aber es sah wiederum sehr zerstört und unaufgeräumt unten auf der Erde aus. Kein Wunder, statt in ›Hagen im Loch, wir finden dich doch‹, hatte die Zeitmaschine sie wieder einmal einen Kontinent zu weit gebeamt: Indiana, USA, 2.März 2012.
»Ach du mein lieber mein Vater«, schrie Alex enttäuscht auf, »ein Tornado hat uns in unserer Sammlung gerade noch gefehlt …!?«
Die beiden fanden sich in neuen Schreckens-Szenarien wieder, denn gewaltige Tornados hatten gerade erst über dem US-Mittelwesten, besonders über Indiana, Ohio und Kentucky, getobt. Tornados gelten als die schnellsten Winde der Welt. Sie fräsen mit Windgeschwindigkeiten von über 500 Kilometer pro Stunde alles nieder, was im Weg ist und hinterlassen eine Spur der Verwüstung. Verheerende Twister in den USA, aber auch gewaltige Tornados in Deutschland verursachen immer höhere Sachschäden. Wissenschaftler entreißen den unberechenbaren Wirbelstürmen mehr und mehr Geheimnisse – doch der Schrecken bleibt.

In der Nähe der Kleinstadt New Pekin im Bundesstaat Indiana, wo sie gelandet waren, trösteten die beiden Zeitreisenden zusammen mit Marcia und Beverly Lanham deren zweijährige Nachbarstochter Angel Babcock. Denn kurz vorher hatte die arme Angel ihre Eltern und beiden Geschwister verloren. Sie kamen ums Leben, als ein Tornado ihren Wohnwagen erfasste. Die Lanhams berichteten, wie sie gesehen hatten, dass Vater, Mutter und Geschwister mit Angel betend und einander an den Händen haltend auf dem Boden lagen. Dann trug sie eine Windhose davon. Die ganze unglückselige Szenerie wurde untermalt von riesigen, zu rabenschwarzen Ungeheuern aufgeblasenen Wolken. Die Babcock-Eltern und Angels Geschwister blieben verschwunden, aber Angel selber landete mehrere Kilometer entfernt von ihrem elterlichen Wohnwagen schwer verletzt auf einem relativ weichen Feld.

Nachdem die beiden Zeitreisenden erst einen Tsunami in Thailand, dann zwei Hurrikans in New Orleans und in der Karibik, blizzard-artiges Schnee-Chaos und einen Orkan in Deutschland, dann auch noch Taifune, Zyklone und Erdrutsche in Südost-Asien und jetzt hier einen Tornado erlebt hatten, da kamen sie doch ziemlich ins Grübeln.

Danny murmelte immer nur und immer wieder »Koyaanisqatsi, Koyaanisqatsi, Koyaanisqatsi …« wie ein Mantra, und schüttelte ungläubig seinen Kopf.

»Was murmelst du denn da?« fragte der ratlose Alex, der überhaupt nicht verstand, warum die Zeitmaschine bockig und eigenwillig von einer Naturkatastrophe zur nächsten hopste …

»Ach, Koyaanisqatsi, sagte ich. Das ist ein Begriff aus der Hopi-Sprache und bedeutet so viel wie ›die Welt ist aus dem Ruder geraten …‹. Hopi, das ist ein Indianer-Stamm im Südwesten der USA.«

»Moment, Moment, das Wort hab ich doch hier irgendwo auf den Armaturen gelesen. Ich konnte überhaupt nix damit anfangen. Aber jetzt, wo du das sagst …

Da, da, Danny, schau«, aufgeregt zeigte Alex auf das Rädchen für Einstellungen.

Dort, wo Alex ursprünglich ›Jim Morrison/Doors‹ eingegeben hatte, weil er deswegen ja überhaupt mit der Zeitmaschine unterwegs war, dort stand jetzt tatsächlich ›Koyaanisqatsi‹ …

»Da muss ich wohl in der Eile oder Aufregung aus Versehen dran gekommen sein«, meinte Alex, »also, das ist ja nun mal ein Dingen, eine eigene ›Koyaanisqatsi‹-Einstellung …!? Und deshalb reisen wir wie die bekloppten Katastrophen-Touristen von einem Natur-Unglück zum nächsten …!?«

Danny untersuchte interessiert das Armaturenbrett und die Instrumente. Bisher hatte er sich noch gar nicht näher damit befasst. Er konnte sehen, dass die Konstruktion alt war. Nur mechanische Komponenten, keinerlei digitale Anzeigen und keine Computer-Displays. Diese Konsole erinnerte Danny eher an die Armaturen eines US-Oldtimer-Autos aus den Fünfzigern, mit runden Ziffernblättern und Mess-Skalen mit Zeigern …

… und dieses eben entdeckte Rädchen für Einstellungen mit dem magischen Wort ›Koyaanisqatsi‹.

»Na ja, der Hopi-Begriff ›Koyaanisqatsi‹ passt ja gut hierhin – nach Indiana, im Mittelwesten der USA …«, meinte Danny lapidar.

»Mittelwesten, Mittelwesten, ich glaub, ich spinne«, regte sich Alex auf, »ich will endlich wieder nach Hellas, meine Heimat, wann werd' ich dich wieder sehn …!?«

»Okay, Alex, dann lass es uns versuchen. ›2012‹ ist doch schon ziemlich nahe. Da werden wir die zwei Jahre bis 2014 wohl auch noch locker schaffen …!? Aber lass uns dann mal was anderes als ›Koyaanisqatsi‹ einstellen!«

»Ja, das ist eine ausgezeichnete Idee, Danny. Mal schauen, was es hier am Rädchen noch so gibt? Ach, guck mal: ›home‹. Das hört sich doch prima an: ›home‹ wie Heimat.«

»Ja, super, Alex, das nehmen wir. Also auf ein Neues – und hoffentlich letztes Mal: auf ins heimische Nest, let's go home …«

Die beiden setzten sich hoffnungsfroh in ihre Zeitmaschine, und ab ging die Post.

Ssssssssssssssssssssssssshhhhhhhhhhhhhhhhhhhhhh …

IV. Die Zukunftsvision

Weltuntergang nach dem Maya-Kalender

Während Alex und Danny in ihrer Zeitmaschine in die Zukunft rasten, gab es in ihrem schnittigen Gefährt nur einen unscheinbaren, nahezu unmerkbaren Huckel, als sie am 21. Dezember 2012 den für dieses Datum angekündigten Weltuntergang überflogen. Beim Überqueren dieser pseudo-magischen Grenze machte die Maschine einfach ›Huuups‹ wie bei einem Schluckauf und brauste weiter in die Zukunft.

Dazu schrie Alex wie einst Jim Morrison ins All:

>»*Break on through to the other side*
>*Break on through to the other side*"

(»Breche auf, auf die andere Seite«)

Und Danny dachte sich : «Was war das wohl wieder, hüpfte unser Flugobjekt wegen des überflogenen Weltuntergangs? Oder war das nur wieder eine Fehlzündung …?«
  Die Welt war also wohl doch nicht untergegangen …
  Denn das sollte eigentlich nach Meinung von Esoterikern mit dem Ende des Maya-Kalenders geschehen: der Untergang der Welt. Ja, und was war? Haben sich die Mayas in Yucatan, im alten Mexiko, Guatemala und Belize verrechnet?
  In Mittelamerika, dem Erdteil, auf dem die Mayas vor 2000 bis 4000 Jahren ihre sagenumwobene Zeitrechnung aufgestellt hatten, wunderte man sich eh darüber, dass man in Europa vor dem 21. Dezember 2012 zitterte.
  »Tatsächlich«, äußerte sich der Hagener Schamane und Therapiezentrums-Leiter Winfried Bahn, »endet heute einfach nur eine große Zeitberechnung. Für die Mayas markierte der heutige 21.12.2012 das Ende eines Kalender-Zy-

klus, der nach 5128 Jahren, rund 1.872.000 Tagen, das Ende der 5. Dimension bedeutete. Im Maya-System, der sogenannten ›Langen Zählung‹, stellen sich die Zahnräder heute erstmals wieder auf null.«[***]

Wichtiger als das Datum wäre dabei das astronomische Ereignis, nämlich die besondere Position unseres Sonnensystems in Relation zur Milchstraße.

Aber der Weltuntergang fiel dann sowieso aus. Denn die Mayas fingen mit ihrem neuen Kalender einfach wieder bei Null an.

So hatte auch bei den Mayas alles seinen ewigen Kreislauf, wie wir ihn in der Kosmologie, in der Natur und auch bei uns Menschen immer wieder erleben.

Während unsere beiden kosmischen Traveller in ihrer Maschine zurück in die Zukunft rasten und sich auf ihre baldige Heimkehr freuten, fragte Danny seinen Freund nach einem kleinen Resümee:

»Also Alex, bei mir überwog ja anfangs die Skepsis, ob das Gerät überhaupt funktioniert und wir damit in die Vergangenheit reisen können …? Aber nachdem es ein paar Mal klappte und wir sogar in die 1960er und 1970er Jahre kamen, da war ich voll von deiner Maschine überzeugt …

… Dass sie manchmal ein wenig hakte und wir immer mal ganz woanders hinkamen als vorher geplant, ach, das erwies sich ja dann als doch nicht gar so schlimm. Dafür haben wir ein paar überraschende Abenteuer erlebt und viel Wissenswertes aus der ganzen Welt erfahren. Gut, es hätten nicht so viele Katastrophen sein müssen. Aber interessant war das alle mal.

Und jetzt sag du doch mal, wie hat dir denn eigentlich der Besuch der 60er und 70er Jahre gefallen …?«

Alex war natürlich überschwänglich: »Echt geil, super, Mann …!«

Die Begeisterung über das Erlebte in der Vergangenheit stand ihm buchstäblich im Gesicht geschrieben: »I'm sooooo happy …! Dass ich das erleben durfte, lässt mich das andere, das ganze Chaos, verschmerzen.«

Die beiden durchpflügten die unendliche Dimension von Zeit und Raum mit ihrem Gefährt und hatten dadurch auch viel Zeit, sich allerlei zu erzählen …

»Alex, ich habe irgendwann mal was zu unseren Erlebnissen in den 60er und

---

[***] Winfried Bahn, in: Westfälische Rundschau vom 21.12.2012

70er Jahren, das gut dazu passt, in einem Gedicht gelesen. Das heißt ›Wisst ihr noch?‹ und ist von der deutschen Heilpraktikerin Ursula Braun aus Göttingen. Die schrieb über die wilde Jugend ihrer Generation Ende der 60er/Anfang der 70er Jahre. Diese damalige Zeit war ja sogar für dich, Alex, so faszinierend, dass du ihr mit deiner Zeitmaschine hinterher gefahren bist. Na, dann hör dir das mal an …:«

Damit begann Danny, hoch über den Wolken Ursula Brauns Ode an diese Aufbruch-Generation zu rezitieren:

»*Wir waren jung und fühlten uns frei, Materielles war uns einerlei.*
Den aller-allergrößten Wert hatte damals für uns ein Konzert.
Wir haben unsere Eltern mit Musik geschockt,
denn an jeder Ecke wurde gerockt.
Dazu noch viele Protestsongs gehört,
Gitarre spielende Jungs haben die Mädchen betört.
Wir waren jung und fühlten uns frei, bei fast jedem Konzert war`n wir dabei:
Genesis, King Crimson und Man, Deep Purple, Wishbone Ash und Can.
Die Kleidung war bunt und individuell, Jeans, Mini, Maxi, – war alles zur Stell‹.
Fransenweste, Lederjacke, – alles war da.
und viele von uns trugen Blumen im Haar ….« [****]

»Toll, Danny,« begeisterte sich Alex, »das ist ja genau mein Thema. Die Zeit, in der ich gerne gelebt hätte. Das hat die Frau in ihrem Gedicht wirklich super rüber gebracht. Und immerhin habe ich nun ein bisschen davon erleben dürfen. Das waren echt tolle Erfahrungen, die ich mit dir gemacht habe. Das war ja schon immer mein Wunsch gewesen, diese Zeit, in der der du deine Jugend verbracht hast, auch mal zu erleben. Das haben wir wirklich super hinbekommen …«

[****]© Ursula Braun – ›Wisst ihr noch?‹, Göttingen November 2012

Koyaaniqatsi

Ssssssssssssssssssshhhhhhhhhhhhhhhhhhhhhhh …

Die Zeitmaschine sauste mit einem Höllentempo Richtung Osten los, Richtung Europa, Richtung Heimat Und als Danny ›2014‹ auf dem Zeiträdchen der Armaturen las, schrie er rüber zu Alex:

»ZEITMASCHINE – STOPP!«

Aber so einfach sollte es für die beiden mit ihrer Rückkehr in die Jetztzeit doch nicht gehen.

Denn ihr größtes Abenteuer stand ihnen noch bevor, da sie aus Versehen im Jahre 2025 landeten.

Sie hatten zwar für die letzte Etappe des Rückwegs das Rädchen in der Armatur auf ›2014‹ gestellt, aber die Zeitmaschine hatte auf ihrem Nachhauseweg einen unglaublichen Schwung: wahrscheinlich durch den Rückenwind des zeitlichen Vorwärtsgehens?

Na, jedenfalls rastete ihr eigenwilliges Gefährt erst im Jahre 2025 ein, und die beiden Zeitreisenden landeten in der fernen Zukunft.

Da war aber das Erstaunen riesig bei Danny und Alex: »so sieht also die Zukunft aus, Danny, Mann-Mann-Mann, in the year 2025 …! Aber wie sieht das denn hier aus …!? Wo sind wir denn jetzt schon wieder hingekommen …!?«

»Ja, Mann, Alex, diese Küstenlinie kommt mir sehr bekannt vor. Ich glaube, wir sind an der kalifornischen Westküste gelandet. Das sieht aus wie Santa Barbara. Da war ich schon mal 1978. Allerdings standen hier damals aber noch mehr Häuser und Bäume …«

Und nicht nur dort, sondern auf der gesamten Erde war es inzwischen beträchtlich wärmer geworden. Die Pole hatten ernst gemacht mit dem Abschmelzen. Die Niederlande waren schon überspült worden, genauso wie die Malediven und viele Pazifik-Inseln, aber auch Manhattan, New York, war weg. Das hatten sie jetzt davon, die Amis. Hätten sie mal früher mehr auf die Umwelt geachtet, als die Erde durch jede Menge Naturkatastrophen schon lange und überaus deutlich zu warnen begonnen hatte.

Und zu Hause bei Alex in Griechenland schauten nur noch die Inseln mit hohen Berggipfeln aus der Ägäis raus, wie z.b. Kreta …

Mittlerweile wüteten auf der gesamten Erde als Auswirkungen der Klima-Erwärmung die verschiedensten Exzesse, dazu noch Vulkanausbrüche und Erdbeben, die zu Tsunamis führten, denen wiederum Überschwemmungen und Erdrutsche folgten.

Die Erde schlug gefühllos und erbarmungslos wie eine kosmisch funktionierende Maschine zurück.

»Siehst du, Alex, ich sagte es dir ja schon: ›Koyaanisqatsi‹ war das Stichwort aus der Hopi-Sprache, und bedeutet ›unausgewogenes Leben‹. Ich hab das mal 1982 in dem gleichnamigen Film von Godfrey Reggio im Kino auf großer Breitwand-Leinwand gesehen, der sich mit dem Eingriff des Menschen in die Natur beschäftigte. Und ich sage dir, da ging es in dem Film dermaßen ab … Mann-Mann-Mann … Der hatte sich unwahrscheinlich zivilisationskritisch mit der menschlichen Lebensweise auseinandergesetzt. Du konntest kaum hingucken. So ungefähr wie ne Achterbahn der Gefühle. Na jedenfalls diese Hopi, – von denen habe ich dir ja letztens schon erzählt -, die sprechen von ›Koyaanisqatsi‹, sozusagen ist das der erste Teil der Qatsi-Trilogie, und meint das ›Leben ist aus dem Gleichgewicht‹ …«

»Ja, das stimmt. Das ist ja hier alles aus dem Gleichgewicht! Sag mal, Danny, vorhin beim Fliegen schien es mir so, als sähe ich das Ida-Gebirge von Kreta aus den Weiten eines Ozeans herauslugen. Damit hat sich mein Traum von einer Landung in Griechenland wohl ausgeträumt …?«

»Tja, scheint mir auch so«, meinte Danny, »Griechenland ist das hier wohl eher nicht. Wir sind ja mit der Zeitmaschine in einem Wahnsinns-Wirbel durch Jahrzehnte und Kontinente gejettet. Eigentlich könnten wir jetzt überall sein, aber ich bin mir fast sicher, dass wir in Kalifornien gelandet sind. Denn wenn ich mir das hier anschaue, dann erinnert mich das an Zukunftsbeschreibungen in einem Roman von T.C. Boyle. Und der ist ja Kalifornier. Sein Roman ist aus dem Jahre 2000 und heißt ›Ein Freund der Erde‹, als Originaltitel ›A Friend of the Earth‹. Die Handlung spielt im Jahr 2025 und beschreibt eine Geschichte der Umweltzerstörung. Als Ergebnis der globalen Erwärmung und des Treibhauseffektes hat sich das Klima drastisch geändert. In etlichen früheren Weingebieten wird inzwischen Reis angebaut. Die meisten Säugetiere sind ausgestorben, und das Essen ist auch nicht mehr das, was es einmal war …«

Und wenn Danny und Alex sich umschauten, konnten sie nur entsetzt mit dem Kopf schütteln. Tatsächlich, der Treibhauseffekt hatte voll zugeschlagen. Und das Ergebnis daraus hatte die Zukunftsvision von T.C. Boyle mit all den apokalyptischen Unwirren voll bestätigt. Wegen der dauernden Wechsel zwischen Überschwemmungen und staubtrockenen Stürmen waren überall Bäume umgestürzt.

Als die beiden vorsichtig aus der Zeitmaschine ausstiegen, saugte der Schlamm an ihnen wie ein saugendes Maul. Sie zogen vorsichtshalber ihre Schuhe aus, als sie all den Modder um sich sahen. Verendete Tierkadaver lagen stinkend im Schlamm. Es regnete aus Kübeln, und es war noch nicht einmal Regenzeit. Über dem Pazifik ballten sich die Gewitter.

»Weißt du was, Alex, ich glaube, dass unsere Zeitmaschine da wohl wieder was durcheinander gebracht hat …!? Wir hatten vor unserem Start hierhin als letzte Ziel-Einstellung ›home‹ für ›Heimat‹ eingegeben. Und davor hatte sie immer Jim Morrison als Ziel-Vorgabe gespeichert gehabt. Statt unser Zuhause in Europa anzusteuern, hat sie einfach beide Einstellungen zusammengemixt, und wir sind in Jim Morrisons Heimat Kalifornien gelandet. Aber da fällt mir ein, hierhin wolltest du doch eh immer mal hin. Denn Jim Morrison hat doch hier an der Pazifikküste studiert und gelebt.«

»Das stimmt, Danny. Zwar ist er in Florida geboren, aber wegen des Army-Jobs seines Vaters öfter umgezogen. Hier guck mal, was ich da in meinem Doors-Heftchen stehen habe: ›als prägende Erfahrung seiner Kindheit schilderte Morrison später, wie er als Vierjähriger auf einer Fernverkehrsstraße südwestlich Albuquerques aus dem Wagen seiner Eltern heraus einen schweren Autounfall von Hopi-Indianern beobachtete. Bei der bekanntesten Umsetzung der Geschehnisse in dem Lied ›Peace Frog‹ von der Doors-LP ›Morrison Hotel‹ aus dem Jahr 1970 brachte Morrison das erlittene schwere Trauma dieser Unfallszene mit einer vermeintlichen Seelenwanderung in Verbindung. Morrisons Interesse an der Kultur der indianischen Völker des amerikanischen Südwestens entwickelte sich während seiner Schulzeit weiter, als Morrisons Familie zeitweilig erneut in Albuquerque in New Mexico lebte und er dort Gelegenheit hatte, die Lebensräume der Ureinwohner näher kennen zu lernen.‹ Joh, guck an, Danny, da haben wir ja auch wieder deine Hopi-Indianer. Und der Rest stimmt auch: später hat Jim Morrison in L.A. gewohnt …«

Anfangs sahen sie überhaupt keine Menschenseele in diesem unwirtlichen Klima draußen herumlaufen. Wahrscheinlich hielt man sich zu der Zeit lieber innerhalb der Häuser auf, oder gar in Kellern …? Glücklicherweise trafen sie dann doch mal einen Menschen, und der war sogar sehr freundlich: »Hey man, what's going on here?« (»Was geht hier vor?«)

Der Mann, den sie ansprachen, trat gerade aus seinem Gebäude, besser gesagt, was noch davon übrig war. Er hieß George und war wie viele Kalifornier freundlich und leutselig. Und der klärte sie auf: »Hey, Jungs, was steht ihr hier im Regen rum? Kommt doch rein, ich hab noch ein halbes Dach über meiner Hütte. What a hell of luck …!? Lasst uns auf diesen schönen Tag einen trinken. Ich hab noch ein Fläschchen Sake übrig. Wir hatten hier ein lang anhaltendes regendurchflutetes Unwetter. Danach blies zwei Tage lang ein starker trockener Wind, der fast alle Dächer abdeckte.«

George hatte echt Galgen-Humor, denn an diesem ›schönen Tag‹ war der Himmel schwarz, obwohl es kaum drei Uhr nachmittags war. Alles war still.

»Boah, wie stinkt das denn hier?« fragte der sensible Danny.

Es roch nach Tod und Schimmel, während überall Ratten rumwieselten. Sie zogen sich mit George wieder unter sein halbes Dach zurück, denn es folgten Sturm, Donner und Blitz, sogar Hagel und danach sintflutartige Regengüsse.

George beschrieb ihnen die normal gewordene Situation: »Ja, Jungs, durch die Überschwemmungen haben viele Menschen hier in Santa Barbara kein Dach mehr über dem Kopf. Und die Nahrungsmittel sind schon länger knapp geworden. Ihr seht ja, wie es hier aussieht: keine Landwirtschaft, kein Mais, keine Rinder mehr. Hier an der Küste haben wir uns traditionell von den ›Früchten des Meeres‹ ernährt, aber inzwischen sind nahezu alle Meeresbewohner ausgestorben, alles was dort früher schwamm oder krabbelte …«

Dort in Amerika, wo Danny und Alex gelandet waren, sah es also 2025 genauso aus, wie es T.C. Boyle schon ein Vierteljahrhundert vorher in seinem Roman prophezeit hatte: durch Lebensraumverluste waren viele Tierarten ausgestorben, und auch die Flora hatte stark gelitten. Viele Lebensmittel waren nicht mehr erhältlich. Stattdessen wurde überall Reis angebaut, und Sake war das einzige zur Verfügung stehende alkoholische Getränk. El Nino war ein ständiger Begleiter der Einwohner der Vereinigten Staaten: ständig blasende starke Winde und schwere, jährlich mehrere Monate andauernde, Regenfälle. Während der Trockenzeit war es sehr heiß. Entwaldung hatte aus zwei Gründen stattgefunden: einerseits durch Stürme, die ganze Wälder entwurzelten und andererseits durch die weltweite grenzenlose Zerstörung von Urwäldern, inklusive dem tropischen Regenwald. Wobei diese Abholzung ja auch wiederum ein Grund für den Klimawandel war. Unbewusst summte Danny bei diesen unwirtlichen Anblicken den alten Song von Zager & Evans:

»In the year 2525, if man is still alive
If woman can survive, they may find«

-----

*(«Im Jahr 2525, falls Männer da noch leben sollten,
falls Frauen überleben konnten, da werden sie finden ... «)*

Zwar waren die beiden Zeitreisenden nicht im Jahr 2525, sondern erst 2025 angekommen, aber die Frage der beiden US-amerikanischen Folksänger aus Nebraska von 1969, Denny Zager und Rick Evans, schien ihnen berechtigter denn je. Allerdings auf eine perfide Weise, denn nur die Natur hatte offensichtlich Schaden genommen: und das nicht zu knapp. Ob die Menschen dagegen überleben würden, war überdeutlich geworden: sie konnten es offensichtlich. Denn die Wissenschaft hatte viele künstliche Wege erfunden, um das menschliche Leben zu verlängern; und die Lebenserwartung war auf über 100 Jahre gestiegen. Dementsprechend überbevölkert war die Erde. In den USA waren ehemalige Naturlandschaften zu Wohngebieten geworden. In diesen Wohnanlagen lebten Menschen, die sich trotzdem wenig Gedanken um die Umwelt machten, ihr Leben vor ihren Computern und Fernsehern verbrachten und ihre Wohnungen kaum noch verließen.

Sozusagen: ›Apokalypse now‹ ...! Eine Zukunft, die schon begonnen hatte: eine verwüstete, zerstörte Welt, in der aber dennoch immer ein Fünkchen Hoffnung keimte. Denn Danny und Alex waren von Natur aus Optimisten: sie machten weiter, immer weiter ...

*»Wenn Grönlands Eis schmilzt …« hieß schon 2012 in den Medien eine Schreckens-Vision.
Aber was sich dann 2033 ereignen würde, das konnte wirklich niemand erahnen …*

»Ja nee, Danny, das kommt davon, wenn das Eis in Grönland weg schmilzt. Alles wird überschwemmt; und eine Naturkatastrophe jagt die nächste. Es war ja echt abzusehen: die Menschheit plündert unseren Planeten aus, auf dem sie lebt. Und wir haben doch nur diesen einen. Mann-Mann-Mann, ich will hier weg aus diesem trostlosen Kalifornien. Das ist ja nicht zum Aushalten. Egal, ob Jim Morrison hier mal gelebt hat oder nicht. Bloß weg hier!«

»Okay, Alex, dann versuchen wir es noch mal. Doch dieses Mal volle Kraft voraus, ach nee, nicht voraus, ich meine ›Zurück‹, also zurück in die Vergangenheit, zurück in unsere Jetztzeit. Bevor wir los fliegen, sollten wir die Einstellung auf der Armatur noch mal etwas präzisieren. Diesmal muss das einfach klappen! Du willst mich doch auf dem Weg nach Hellas vorher nach Hause bringen, ne?«

»Ja, klar, so ist es geplant. So machen wir es.«

»Gut, Alex, dann gib mal ›Hagen in Westfalen‹ ein. Und das Jahr nicht vergessen!«

»Okay, mach ich. Also los jetzt mit uns nach Europa, let's go home …«

Die beiden setzten sich in ihre Zeitmaschine, und ab ging's wieder durch die Sphären von Zeit und Raum.

Ssssssssssssssssssssssssssshhhhhhhhhhhhhhhhhhhhhhh …..

Während sie im Eiltempo die Jahrzehnte durchpflügten, ließen sie das Erlebte Revue passieren: »Mann-Mann-Mann, Danny, was wir alles erlebt, um nicht zu sagen überlebt haben, sozusagen die Umweltzerstörung im Zeitraffer, was …!?«

»Ja, genau,« bestärkte Danny seinen griechischen Freund in seinem kurzen, aber prägnanten Resümee: »Ich hab's dir ja schon immer gesagt, Alex. Wir haben es tatsächlich sogar in unserer eigenen Zukunft erlebt. Und all die Naturkatastrophen scheinen ja durch die von Menschen verursachte Klima-Veränderung ausgelöst worden zu sein …!«

Passend dazu verhielt sich ihre störrische Maschine mit dem egozentrischen Eigenleben. Die war nämlich dermaßen eingerastet, oder gar eingerostet, dass sie, statt zurück, immer weiter in die Zukunft raste. Als Danny sein inzwischen routiniertes Zauberwort

»ZEITMASCHINE – STOPP!«

rief, waren sie nicht etwa – wie erhofft – im Jahre 2014 angekommen. Nein, da stand ›2033‹ auf dem Jahreszahlen-Rädchen.

»Boah, noch weiter in die Zukunft, statt zurück. Wo soll das noch hinführen …!?« erzürnte sich Alex, »Mann-Mann-Mann, was ist denn jetzt bloß wieder schief gegangen?«

»Ja, schau, Alex. Ich weiß, wo wir sind …! Immerhin in Westfalen.«

Dabei zeigte er auf ein umgekipptes verrostetes Schild, das im Straßengraben lag, mit der Aufschrift:

Hagen

Stadt der Fernuniversität

Allerdings war das Entsetzen bei den beiden Zeitenwanderern groß. Nicht nur in Kalifornien, nein, sogar anscheinend global hatte sich die katastrophale Klima-Veränderung in lebensfeindlicher Weise durchgesetzt.

Denn bei ihrer Landung in Deutschland 2033 fanden Danny und Alex eine trostlose Einöde vor: sengend heiß, trockene und rissige Erde, dazu pfiff der Wind in Böen um die nicht vorhandenen Ecken und muntere tumbleweeds (Steppenroller) wirbelten vorbei.

Danny stand verloren auf seiner westfälischen Scholle und schaute sich traurig um. Dann hob er eine Zeitung auf, die sich um seine Beine gewickelt hatte, nachdem sie aus dem Off angesegelt gekommen war.

»Oh, schau doch, Alex, sogar eine deutsche Zeitung: der Kölner Express vom 21. Mai 2033.«

Auf dem Titelfoto reckte ein ihm unbekannter junger Mann in weiß-rotem Trikot die goldene Schale des DFB's in den Kölner Nachthimmel.

Darunter stand in riesen-großen Lettern:

> GANZ KÖLN FEIERT MIT DEM FC:
> DIE 3. DEUTSCHE FUSSBALL-MEISTERSCHAFT
> HINTEREINANDER

»Na, das ist ja mal ein Dingen …«, freute sich der sichtlich gerührte Danny, » … dass ich das noch mal erleben darf, hätte ich ja nie gedacht!«

Wobei von Mit-Erleben konnte da ja keine Rede sein: er hatte es ja nur aus einer herumsegelnden alten Zeitung.

»Dann wird es wohl stimmen«, sinnierte er. Denn seine Treue zu seinem Lieblingsverein 1.FC Köln wurde jahrzehntelang auf eine harte Probe gestellt. Erst hatten sie in den 60er und 70er Jahren des 20. Jahrhunderts eine gute Zeit mit 3 Meisterschaften und 3 Pokalsiegen. Dann kam es in den letzten 20 Jahren zwischen 1995 bis 2015 zu mehreren Ab- und wieder Aufstiegen. Aber dass der FC noch mal jemals Deutscher Fußballmeister werden würde, und das auch noch dreimal hintereinander, das konnte wirklich niemand ahnen …!

> **Am Samstag auf dem Neumarkt**
> # Die Meisterschale kommt nach Köln
> Die Meisterschale von ganz Nahem sehen, das konnten Kölner zuletzt 1978, als der 1. FC Köln Deutscher Meister wurde. Am Samstag kommt die »Salatschüssel« erneut nach Köln: auf den Neumarkt.

In diesem Zeitungsartikel wurde als Reminiszenz auf die Kölner Meisterschaft von 1978 angespielt. Der Sportredakteur schwelgte weiter:

»Bei der Meisterfeier 1978 hielten die Spieler vom FC Köln sie ein letztes Mal in den Händen. Durch die riesigen Überschwemmungen in ganz Mittel-Europa und dadurch entstandenen Unwirren in den 2020er Jahren war die Meister-Schale des Deutschen Fußballbundes einige Jahre verschüttet gewesen. Erst durch die lang anhaltende Trocken- und Dürre-Periode in Deutschland wurde die so genannte ›Salatschüssel‹ erst kürzlich, Ende März 2033, in einem trocken gelegten Kellerraum zwischen Lüdenscheid-Nord und Herne-West wieder gefunden. Deshalb mussten die Kölner Fußball-Fans in den beiden Jahren 2031 und 2032 ohne die Schüssel die Meisterschaft des FC feiern. Jedoch am Samstag«, das stand da tatsächlich im Kölner Express, *»gehört die Schale des Deutschen Fußballmeisters den Kölnern. Dort können sich die Kölner Fußballfans nach 2031 und 2032 nun auch beim Triple 2033 gemeinsam mit den Meisterspielern des FC über die dritte Meisterschaft hintereinander freuen, aber dieses Mal endlich auch wieder mit der beliebtesten Salatschüssel Deutschlands …!«*

»Toll, Alex, was …!?: super …!!!«

»Ja, wenn das hier so paradiesisch für dich ist, Danny, dann fahr ich jetzt mal zurück nach Hellas. Denn diese staubige Dürre hier lässt mich hoffen, dass Griechenland inzwischen auch wieder trocken gelegt wurde. Vielleicht sind die Fluten ja dort ebenfalls zurück gewichen …!?«

Danny stand nur da, mit einem staunenden und strahlenden Lächeln im Gesicht.

»Alles okay, Danny …?« fragte Alex, »was ist jetzt los? Bleibst du hier in Westfalen im Jahre 2033? Oder willst du mit mir zurück in die Jetztzeit?«

»Ich weiß nicht, Alex. Ich glaube, ich bleibe hier …!? Vielleicht gibt's ja doch linksrheinisch ein blühendes Leben …!? Zumindest in Köln, wo der FC gerade Deutscher Meister geworden ist.«

Alex schaute sich um: »Blühendes Leben …!? Na, ich weiß nicht. Sieht hier ja eher aus wie in der Sahel-Zone. Und was ist, wenn alle Städte in Deutschland durch die Überschwemmungen von 2025 untergegangen sind …!? Und nur noch durch ein Wunder – welches auch immer …!? – der linksrheinische Teil der Stadt Köln mit dem Fußballstadion davon verschont geblieben ist ….!? Nach dem Motto: ›Et hett noch imma jodt jejange.‹ Das würde ja auch erklären, warum der FC Köln auf einmal dreimal hintereinander Deutscher Meister geworden ist! Wahrscheinlich haben sie jeweils das einzige Spiel und somit das Endspiel gegen Fortuna Köln gewonnen …!? Hihihihihihihi …!«

»Du musst gerade große Töne spucken, Alex …! Bei euch in Griechenland gab es ja auch schon ohne Überschwemmung jahrzehntelang nur ne Stadtmeisterschaft zwischen Olympiakos Piräus, Panathinaikos Athen und AEK Athen, wenn es um die griechische Fußballmeisterschaft ging. Also hör auf zu kichern …!«

»Okay, okay, war ja nur ein Witz«, lenkte Alex ein, »also ich fahr dann mal los, Danny, mach's gut und bye-bye …«

Die beiden umarmten sich noch mal feste, Alex hüpfte in seine Zeitmaschine und …

Ssssssssssssssssssssssshhhhhhhhhhhhhhhhhhhhhhh …

weg war er. So schnell, wie er damals gekommen war. Dabei sang er lauthals und mit krächzender Stimme, wie es Jim Morrison nicht hätte besser machen können:

»This is the end,
beautiful friend.
This is the end,
my only friend, the end …"

***

(«Dies ist das Ende,
schöner Freund.
Dies ist das Ende,
mein einziger Freund, das Ende …«)

Danny horchte und schaute ihm noch nach, bis das Gefährt ein kleiner schwarzer Punkt am südlichen Horizont geworden war …

… und ›PLINK‹, auch der verschwand …

Epilog

Und was wurde schließlich aus Alex Sotiris, seinem Idol Jim Morrison und dem Zeiten-Reisenden Danny Kowalski?

Der frühere Doors-Sänger Jim Morrison liegt immer noch brav in seinem Grab Nr. 5 in der 2. Reihe der 6. Division, auf dem Pariser Ostfriedhof Pere Lachaise.

Lilli, die schwarze Katze mit dem weißen Lätzchen, streift heutzutage oft und gerne durch ihr Gartenrevier.

Moni und Danny Kowalski sind weiterhin glücklich miteinander und freuen sich, dass das abenteuerliche Leben mit der Zeitmaschine noch mal glimpflich ausgegangen war. Danny hatte nur bei seiner Reise in die Vergangenheit sein Aussehen verjüngt, wogegen er sich beim ›Rückflug in die Zukunft‹ wieder in den alten Danny zurückverwandelte. Von daher konnte sich Moni am gewohnten Danny erfreuen, nachdem er endlich wieder zu ihr in die Gegenwart zurückgefunden hatte.

Und diese Heimkehr war spektakulär und geheimnisvoll. Danny hatte sich zuletzt 2033 auf trockener westfälischer Erde wieder gefunden. Er war ja eigentlich ganz in der Nähe seiner Heimatstadt Hagen gelandet. Aber da er hier keine Menschenseele mehr vorfand, grübelte er: »Wenn ich dem Kölner Express glauben kann, dann müsste es ja linksrheinisch eigentlich noch irgendwas geben …?«

Nach Alex' Abreise machte er sich also zu Fuß auf nach Kölle. Und zu seiner großen Freude fand er linksrheinisch tatsächlich blühendes Leben in der Kölner Bucht vor, nachdem er tagelang durch menschenlose dürre Einöde gewandert war. In der Domstadt bestätigte sich auch, dass der 1. FC Köln dreimal hintereinander Deutscher Fußball-Meister geworden war. Aber wie das so ist im wirklichen Leben, Fußball ist nur ein Spiel und macht alleine nicht glücklich. Deshalb hatte Danny Heimweh nach seinen beiden Lieben

Moni und Lilli. Er wollte dann lieber zurück: »Vielleicht gibt es ja doch noch Leben in meiner Heimatstadt Hagen?«

So machte er sich wieder auf ›Schusters Rappen‹ auf den Heimweg zurück nach Westfalen. Dafür ging er von Köln aus über die Hohenzollern-Brücke, eine über hundert Jahre alte Eisenbahn-Bogenbrücke aus Stahl, über den Rhein. Als er in Köln-Deutz auf der rechts-rheinischen Seite ankam, befand er sich plötzlich wieder im Jahre 2014 – als wäre die altehrwürdige Rheinbrücke ein geheimnisvolles Zeitfenster gewesen.

Welche Freude für Danny: »Ja, wenn ich nun wieder in der normal funktionierenden Jetztzeit angekommen bin, dann kann ich ja auch vielleicht den Zug von Deutz nach Hagen nehmen.« Gedacht – getan, und zwei Stunden später fand er seine Moni samt Katze Lilli wieder, und es gab viel zu erzählen …

Dannys Schulfreund Carlos lebt heutzutage ein ehrbares Leben mit Frau und drei Kindern als Lehrer in Haltern.

Sein anderer Freund Harry war trotz der zweifelhaften Lasker'schen ›Reformpädagogik‹ später in der Lage, den aufrechten Gang durch sein intensives Leben zu bewältigen: als Ehemann, zweifacher Familienvater und Journalist in Osnabrück.

Apropos Pädagogik: Nobby und Peggy, die beiden englischen Kiddies aus dem Londoner East End, heirateten natürlich später trotz ihrer früheren kindlichen Zankerei. Es war 1979, als Nobby seine ›Sandkasten-Liebe‹ Peggy stolz zur kirchlichen Hochzeit in die St. Dunstan's Kirche aus dem Jahr 923 führte. Aber diese Ehe erwies sich als ein fürchterliches Debakel. Der leidenschaftliche Fan von Westham United entwickelte sich zu einem Fußball-Hooligan und prügelte sich bei jedem Heimspiel der ›Hammers‹ mit gegnerischen Fans. Erst verlor er auf Grund seiner geringen Toleranz-Schwelle seine Arbeit als Auto-Mechaniker, als ihn sein Chef auf sein vermacktes Gesicht und seine bandagierten Arme ansprach. Dann soff er sich aus Frust über die Kündigung die Seele aus dem Bauch und schlug anschließend seine arme Peggy krankenhausreif. Dabei ließ er jede Form von britischem Fair Play vermissen, das ihm seine Mutter früher doch so systematisch eingeprügelt hatte.

Dannys Leipziger ›Flamme‹ Winny, die damals seine Leidenschaft im Briefkuvert entfacht hatte, lebte schon seit den 70er Jahren erst mit Ehemann, dann mit Tochter und später Enkelin in Filderstadt bei Stuttgart.

Die blonde Ann trampte mit ihrer Freundin zurück nach Leeds. Nach ihrer

Ausbildung als Köchin eröffnete sie dort in West Yorkshire, in dem kleinen Ort Farsley zwischen Leeds und Bradford, ein beliebtes Bed & Breakfast-Hotel für Wanderer, das sie lange erfolgreich betrieb.

Die Holländerin Toos trampte damals von Paris aus weiter nach Spanien, setzte zu den Kanaren über, wo sie mittlerweile in Lajares auf der Insel Fuerteventura lebt. Dort arbeitet sie immer noch als Geschäftsführerin im Cafe Arcos, in dem sie jeden Sonntag spannende Live-Konzerte veranstaltet.

Dannys ›erste Liebe‹ Nicole war doch nicht verschütt gegangen, sondern hatte sich zu den bayerischen Hopfenfeldern von Holledau abgesetzt. Danach zog es sie nach Nürnberg, bevor sie dann von Danny in Fürth 37 Jahre nach ihrem letzten Treffen aufgetrieben wurde. Dort wohnt sie allein mit ihren beiden Katzen Max und Minkel.

Dannys frühere Freundin Tina lebte lange Zeit mit ihrem holländischen Mann und zwei Töchtern in Denekamp bei Enschede, ist aber inzwischen in die niedersächsische Stadt Nordhorn umgezogen, womit sie gar nicht soweit vom westfälischen Ochtrup wohnt.

Der gute alte Laufi war Jahrzehnte lang unterwegs. Erst Stonehenge, London und Kreta, und danach war er mit seiner ›Family‹ in Tipi-Zelten und Wohnwagen durch Süd-Deutschland gezogen. Später wohnte er 17 Jahre lang mit seiner Freundin in München, bevor sie sich in einem Rundlingsdorf im Wendland ansiedelten.

Joy und Jeed aus dem süd-thailändischem Khao Lak hatten ihr Nang Thong Bay Resort nach dem Tsunami wieder aufgebaut: standfester und schöner, aber auch teurer.

Der puertoricanische Percussionist Santiago lebte immer noch in New Orleans und hatte dort das Cafe Brasil in der Frenchman Street übernommen, wo er immer wieder gerne mit einer seiner vier verschiedenen Musikgruppen an den Kongas auftrat.

Für seinen speziellen Freund Alex wagt Danny einen Ausblick ins Jahr 2025: der smarte Grieche hatte es geschafft, mit der Zeitmaschine zurück ins Jahr 2014 und sogar ins heimische Griechenland zu kommen. Er verkaufte seine Zeitmaschine meistbietend bei Ebay, da kein Museum Interesse daran hatte. Und in Griechenland hatte sowieso niemand Geld für solchen unnützen Kram. Mit dem Erlös aus dem Verkauf reiste er tatsächlich 2015 mit einem richtigen Flugzeug zu den Philippinen, wo er seiner Leidenschaft und der Duftspur der

Zitrusfrüchte folgte. Er traf seine Flora immer noch auf der Insel Leyte an, wo sie glücklicherweise den schlimmsten aller Taifune überlebt hatte. Im November 2013 wütete über Südostasien der Jahrhundert-Sturm ›Haiyan‹, wobei auf den Philippinen ganze Städte in den Fluten der Monsterwellen verschwanden. Besonders betroffen waren die östlichen Inseln Samar und Leyte: dort starben alleine über 6.000 Menschen. Flora hatte Glück und ihren unbändigen Überlebenswillen, sodass sie sich während der ersten schrecklichen Wochen voller Hunger und Durst durchschlagen konnte. Jedenfalls verliebte Alex sich 2015 aufs Neue in Flora und nahm sie mit nach Griechenland, wo die beiden heute glücklich und zufrieden leben, sozusagen auf der ›Love-Street‹:

»*She lives on Love Street*
She has wisdom and knows what to do
She has me and she has you"

(«*Sie lebt auf der Love Street.*
Sie hat die Weisheit und weiß, was zu tun ist.
Sie hat mich und sie hat dich")

Gerne erzählte er später seinen Kindern von seinen aufregenden Abenteuern, die er mit Danny Kowalski während der Reise mit der Zeitmaschine erlebte, wobei er sogar Jim Morrison und die Doors live gesehen hatte …

Danke für alles

Ich möchte mich bedanken bei den vielen Menschen, die tat- und ratkräftig dabei mitgeholfen haben, diesen Roman fertig zu stellen:

- meiner lieben Frau Petra, die mir nicht nur den Freiraum gab, mich kreativ in meinen Romanen auszuleben, sondern mich auch beim Redigieren und Diskutieren des Manuskriptes und bei der Gestaltung des Titelfotos unterstützte. Erst hatte sie mir die Bildbearbeitung, und jetzt auch noch PhotoScape beigebracht, was mir sehr geholfen hat, die Bilder für dieses Buch zu basteln.
- meinem jungen griechischem Facebook-Freund Teo Antoniadis, der so was von gallig auf Jim Morrison und die Doors war, dass er mich dazu animierte, ihn in diesem Roman eine Zeitmaschine bauen zu lassen, mit der er zusammen mit Danny Kowalski in die 1960er Jahre reiste.
- sowie meinem Dattelner Freund Horst T., der am eigenem Leib in den 60er Jahren den ›Hund von Laskerville‹ erleben musste.
- und den Freunden/Innen Horst J. aus Haltern, Carola L. aus Recklinghausen, Laufi aus Herten und Petra J. aus Datteln, die alle in den 70er Jahren kurzzeitig mit der Zeitmaschine in Berührung kamen.
- Ursula Braun, meiner Facebook-Freundin und Heilpraktikerin aus Göttingen, die mir ihr Gedicht ›Wisst ihr noch?‹ zur Verfügung stellte.

Allen Teilnehmern/Innen an den inzwischen neun Lesungen, die ich in den letzten sechs Jahren gehalten habe, und natürlich auch allen Leser/Innen und Käufer/Innen meiner ersten fünf Romane ›Straßnroibas‹, ›Spätzünder, Spaßvögel & Sportskanonen‹, ›Keine Leiche, keine Kohle …‹, ›Der Junge, der eine Katze wurde …‹ und ›Leidenschaft im Briefkuvert‹, die mich dadurch ermunterten, fleißig weiter zu schreiben.

Die bisherigen 5 veröffentlichte Romane von Manfred Schloßer:

Straßnroibas, Liebe – Länder – Leidenschaften
… ein autobiographischer Roman über Manfred Schloßers Alterego Danny Kowalski, der genauso wie er während der letzten 3 ½ Jahrzehnte durch die Kontinente gereist ist und dabei allerlei interessante und aufregende Abenteuer erlebte, die mit fremden Kulturen, der jeweiligen Zeitgeschichte, lustigen Dödelkes und prickelnder Erotik gewürzt wurden.
»Der afghanische Soldat hielt mir seine geladene Kalaschnikow gegen die Brust und herrschte mich an: »Verschwinde!«, worauf ich mich schleunigst und bereitwillig in die Wüste am östlichen Stadtrand von Herat verkrümelte …«
Dieser 2007 veröffentlichte Roman hat 408 Seiten, 17 farbige Illustrationen und ist unter der ISBN-Nr.: 9783833483677 nur im Internet zu beziehen.

Spätzünder, Spaßvögel & Sportskanonen
Vom ersten Kuss bis zur Traumfrau: meine Jugend hat spät begonnen …
… ist die Geschichte von Danny Kowalski, der auszog, das Leben und die Liebe zu lernen. Als Spaßvogel und ›Sportskanone‹ war er ein Frühstarter, aber in der Liebe ein Spätzünder. Sein zweiter Roman von 2009 hat 368 Seiten, ist unter der ISBN-Nr.: 978-3837032697 veröffentlicht und im Buchhandel oder im Internet zu beziehen.

Keine Leiche, keine Kohle …
… ist ein Ruhrgebiets-Krimi, wobei der verschwundene Tommy Gölzenleuchtner gesucht wird. Die Hagener Kripo um Bandura und Julia Finkensiep rätselt, ob er tot oder gar ermordet worden ist? Was hat der Katzenschänder Wulling damit zu tun? Oder gar der Hagener ›Rotlichtbaron‹ Meschede? Und welche Rolle spielt dabei Tommys attraktive dänische Ehefrau Jytte?

Danny Kowalski sucht jedenfalls im Auftrag für seine Versicherung den Verschwundenen und jagt so einem Phantom durch drei Kontinente und über zwei Jahrzehnte hinterher: diese Jagd führte ihn in Städte wie San Francisco, New Orleans, Taipeh und Bangkok oder Khao Lak.
Sein dritter Roman von 2011 hat die ISBN-Nr. 978 – 3 – 8423 – 2009 – 3, ist mit 9 Farbfotos verschönt, hat 150 Seiten und kostet 9,95 €.

Der Junge, der eine Katze wurde …
In diesem abgefahrenen Roman nimmt der junge Danny Kowalski Ende der 1960er Jahre in Domburg einen LSD-Trip, von dem er nicht mehr runter kommt. Die Handlung führt den Leser in einer abenteuerlichen Odyssee durch Süd-Holland, durch das Amsterdam der Hippies, durch die Wälder des Niederrheins und entlang der Flüsse und Kanäle Westfalens, in deren Verlauf Danny sich in eine Katze verwandelt. Dabei reißt sich Danny während eines klaustrophobischen Schubes die Kleidung vom Leib und beginnt sein Leben als ›Katzen-Danny‹. Er streunt fast ein halbes Jahr nackig durch Westfalen und das Ruhrgebiet. Schließlich wird er von der Polizei aufgegriffen und es folgen Psychiatrie-Aufenthalte, wobei eine Schizophrenie bei ihm festgestellt wird.
Sein vierter Roman von 2012 hat die ISBN-Nr. 978 – 3 – 8448 – 2827 – 6, ist mit 10 Illustrationen verschönt, hat 132 Seiten und kostet 8,95 €.

›Leidenschaft im Briefkuvert‹ ist eine spannende Romanze mit historischem Hintergrund. Die Geschichte beginnt während des ›kalten Krieges‹ in den 1960er Jahren, als eine Ost-West-Brieffreundschaft die Gefühle der Beteiligten in Wallung brachte: » … aber sie konnten zueinander nicht kommen …!« Später im richtigen Leben erfährt der Protagonist Danny Kowalski dann doch noch seine erste Liebe. Und der Roman entwickelt sich im Laufe der Jahrzehnte zu einer detektivische Suche nach seinen frühen Leidenschaften, wobei poetische, romantische, erotische und philosophische Aspekte nicht zu kurz kommen.
Danny, der leidenschaftliche Detektiv, schnüffelt und sucht und findet seine ersten Romanzen wieder. In diesem Roman werden Lebensschicksale aus zwei Jahrtausenden miteinander verbunden.
Und der Leser erlebt beim dramatischen Schluss Dannys Tod. Was für ein Finale, als Danny an seinem Ende über die Regenbogenbrücke geht …

Der fünfte Roman aus der Danny-Kowalski-Reihe wurde 2013 veröffentlicht, hat die ISBN-Nr. 978 – 3 – 8482 – 3785 – 2, ist mit 18 Illustrationen verschönt, hat 152 Seiten und kostet 9,90 €.